庫

手鎖心中

井上ひさし

文藝春秋

目次

手鎖心中

日本橋

江戸へ来てからひと月たった。

着いたときは残暑のさなか、日なかは熱気に焦げそうで、夜なかは瓦盥《かわらいきれ》に蒸されそうで、まるで一日中、空風呂《からぶろ》にでも入っているような心持、「おどろいたね」を「どろいたね」、「そんなんじゃねぇや」を「なんじゃねぇや」、「このべらぼうめ」を「こんべらばァ」、「なむあみだぶつ」を「なんまみだぶ」、「きみょうきてれつ」を「みょうきてれつ」、「ざまぁみろ」を「ざまァ」と、飛んだり跳《は》ねたり摘んだり縮んだりする江戸の言葉もせわしく暑苦しく、やはり江戸へ来るのではなかった、浪華《なにわ》の縦横に掘りめぐらされた水路から吹き上げてくる涼しい川風になぶられながら、芝居小屋の作者部屋で「若手先生」などと奉られていたほうがよかったかもしれぬと、先に立たぬ後悔のほぞを後に立てて嚙《か》んでいるうちに、救いの秋風が立ちはじめ、空風呂地獄は昔がたり、日本橋通《とおり》油町《あぶらちょう》の地本問屋《じほんどんや》耕書堂蔦屋《つたや》重三郎の、この西向きの三帖《じょう》もずいぶん凌《しの》ぎやすくなり、それにつれて関東弁《かんとうべい》にも耳が馴染《なじ》みだしたから妙だ。

蔦重さんとは同じ屋根の下に寝起きしていながら、なかなか顔を合わせる折りがない。たとえ顔が合っても向うはいつもせわしそうで、庭や廊下ですれ違いながら「あいかわらずお世話になっておりまして、まことに恐悦至極であります」と頭を下げ、「ときに、お渡ししておきました絵草紙《えぞうし》の草稿三編、お読みいただけたでしょうか」と頭をあげると、もうあの人はいなくなってしまっている。

浄瑠璃《じょうるり》も筆の苦労、絵草紙も筆の苦労、同じ筆の苦労なら、絵草紙でするほうがよほど性にも合うだろうし、仕甲斐《しがい》もある。——血汗絞《しぼ》って仕上げた新作を、太夫元《たゆうもと》から突っ返されて悪い酒に酔ったおれがそう喚《わめ》いたら、兄弟子の並木千柳が「それなら江戸へでも行くさ。東都第一の版元蔦重とは相識の間柄だから、餞別《せんべつ》がわりに書状を書いてやってもいい」と慰めてくれた。

その場かぎりの慰めかと思ったら、翌日、さっそく蔦重あての書状を持って来てくれたから驚いた。

「この書状一本で蔦重は喰う心配や寝る心配はもとより、着る世話から女の世話まで心掛けてくれるはずだ」

胸を叩《たた》いて請け合うので、書状という安心の大船に乗る気になったのだが、並木千柳はほんとうに蔦重さんとは相識の間柄だったのか。行《ゆ》き交《か》う度毎《たびごと》にこうもすげなくされると、どうも怪しくなってくる。あるいはまた、お土産《みやげ》がわりに差し出した絵草紙草稿三編がどれもこれも箸《はし》にも棒にもかからぬ出来栄えなので呆《あき》れ返り、蔦重さんはおれに口をきく気もなくしているのか。そうかもしれない。打ちこんで書いたつもりだが、正面切って「たしかによい作なのか」と聞かれると、「はい」と言い切るだけの自信はないのだ。

　日に日に蔦重さんの無口が気にかかりはじめ、とうとうこのあいだの朝、下女のおりんさんに雪花菜汁《おからじる》のおかわりをしてもらいながら、「いつもながら結構な味出しだね」とまず世辞を振り撒《ま》き、「ところで、蔦重さんは、誰にでも口に錠《じよう》をおろすお方なのかい。まともに口をきいてもらったのは、後にも先にも此処《ここ》へ着いたときただ一度だけだが……」何気ない風で訊《き》いてみた。

「そんなことを訊くようじゃ与七さんも居候《いそうろう》の尻悶《しりもだ》え、腰が浮いて居辛くなったみたいだね」おりんさんはおれの心中をずばと見通した。

「けれど与七さん、心配はいらないよ。旦那様は誰にだってすげなくなさるんだから。天明飢饉《ききん》のときの口べらしで、盛岡領野辺地《のへじ》からここへお世話になって十年あまりになるけど、そのあたしでさえ、十年あまりの間に、旦那様と口をきいたのは、百回もないだろうね」

　おれはすこし気が楽になり、居候にはご法度《はっと》の三杯目のおかわりを出す気になった。

「蔦重さんはひところ、蔦唐丸《つたからまる》という狂名で鳴らした狂歌よみだ。だったら当意即妙が売物の、べらべらと京男めいたお喋《しゃべ》りにちがいないと思っていたのさ。こっちがそっと申せばぎゃっと答えるような……」

「いやだね、与七さんは」

おりんさんは飯杓子《めしじゃくし》を振った。

「それなら学者はみんな聖人で、侍はみんな強者《こわもの》で、医者はみんな仁術使いで、下女はみんな不器量ってことになってしまうよ、おもしろくもない。色ごのみの学者はざら、弱虫侍もざら、算術上手の医者はさらにざら、下女にだってあたしのような器量よしもいる」

おりんさんは飯杓子をまた振って大いに売りこむ。その拍子に、飯粒が飯杓子からおれの鼻の先に宿がえした。「あらあら」おりんさんはおれの鼻の先から飯粒をつまみとり、乱杭歯《らんぐいば》になすりつけ「とにかく気にしないで大きな顔をしておいでよ」と飯粒を嚙んだ。

もともと無口だった蔦重さんが、さらに無口の権化《ごんげ》になりかたまったのは、三年前、蔦重さんの開板《かいはん》した山東京伝作の蒟蒻本《こんにやくぼん》三部作がお上のお咎《とが》めを受けてからだよ、とおりんさんが教えてくれた。おれも大坂で、京伝は手鎖《てぐさり》五十日、蔦重は財産を半分没収されたと噂《うわさ》に聞いた憶《おぼ》えがある。そのとき以来、蔦重さんは絵草紙の類にはあまり身を入れず、もっぱら錦絵《にしきえ》に力を注いでいるらしい。

「……となると、とんだ間の抜けたときに絵草紙作者なんぞを志したものだ」

とおれはおどけながら膳の前を立ったが、そのとき、ふと胸が鉛のように重くなるのを感じた。

それから、土蔵の前の板の間に、職人たちと坐りこみ、錦絵に使う奉書紙に、絵具の滲《し》み止めにする礬水《どうさ》を引いた。居候から金《きん》でも出るということになれば、大きな顔をしているのだが、徒飯《ただめし》を喰わせてもらっているのは申し訳がなく、肩身もせまい。それで、おれのほうから申し出て、礬水を引かせてもらっている。三十五、六枚も仕上げたころ、渡り廊下を勢いよく響かせて、蔦重さんが来た。

「写楽がまた三枚描《か》いて来た。あいかわらずの早仕事だが、出来栄えは極々《ごくごく》上々吉、いま、板木にしているところだ。そんなわけで、こっちも忙しくなる。ずいぶんと精を出してたのむ」

蔦重さんはそれからおれを見た。

「与七さん、明日《あした》、京橋木戸際《ぎわ》の京伝店《だな》で、客引を兼ねた煙曲会《えんきよくかい》がある。京伝と顔見知りになっておくのも損ではないと思うが、どうしますか」

言うまでもないが、おれは頷《うなず》いた。

「もうひとつ。与七さんの絵草紙の草稿は拝見しました。……気に入りません」

いきなり脳味噌《のうみそ》に焼鏝《やきごて》をじゅっと当てられたような気がした。

「泥くさい色事と悪どい笑いが多すぎます。とくにいけないのはお上の御政道を茶にしすぎていることだ。ドジや野暮《やぼ》は戯作《げさく》には禁物、くどくなく執拗《しつこ》くない垢《あか》ぬけのしたところが戯作の妙だと、わたしは思いますよ。それでも、五年も前なら板にしたかもしれませんがね。当節じゃァ、色と笑いはお咎めのもとだ」

「じゃァ、どんなのがご時勢に合いますか？」

「それがわかれば、わたしも錦絵ばかりは刷ってはいませんよ。では、明日」

その日一日、おれは、江戸へ来たのはやはり間違いだったかもしれない、とそればかり思いながら、襻水を引いた。

京橋

京伝店は京橋南銀座一丁目に四間《けん》の間口を占めていた。正面に帳場がある。帳場の右に、煙草《たばこ》入れ、煙管《きせる》入れ・鼻紙入れ・楊子《ようじ》入れ・短冊《たんざく》入れなどの袋物を納める四列八段の引出しが並び、その前で店の者が顧客に京伝張りの煙管や袋物を見せている。

帳場の左は煙草葉の刻み場《きざば》で、煙草切り職人が五、六人、溝板《どぶいた》ほどもある大きな煙草切り包丁で、顧客の求めに応じ、煙草葉をあるいは薄く、あるいは厚く切り刻んでいる。

刻み場の前には大きな木箱が十ばかりずらり。木箱の中には丹波《たんば》産上物刻煙草の「舞《まい》」(辛口でうまそうだが、おれのような素寒貧《すかんぴん》にはなかなかのめ舞、手が出舞というやつ)、上野《こうずけ》産並物刻煙草の「たて」(値はまあまあだが、おれにはうまいとは思えない。たて喫《の》む人も好き好きだ)、岩代《いわしろ》産下物刻煙草の「松川」(松皮を齧《かじ》っているような味だが、おれの好みと懐中には合う)、その他「竜王」「もき」などの女物刻煙草が入っている。

「合せ煙草うけたまわります」

という木札が出ているところを見ると、今流行の丁子《ちようじ》入りや伽羅《きやら》入りの刻煙草の調合もやっているのだろう。うちそとに人と活気が溢《あふ》れ、かなりの大店《おおだな》振りだ。

蔦重さんの尻にくっついて店に入って行くと、帳場に、絽《ろ》に黒襟《くろえり》の乙粋《おついき》な羽織を肩に引っかけた三十三、四の男が、銀雁首《がんくび》に赤羅宇《らお》のしゃれた煙管を銜《くわ》え、机上に開いた白扇を睨《にら》んでいた。

眉《まゆ》細く目も細く口も細く、顔そのものがまた細面《ほそおもて》で、女のようだが、鼻だけがいやに大きく堂々としている。鼻のおかげで鼻持ちならぬ色男面《づら》にならずに済んでいる。これが京伝だな、とおれは思った。京伝といえば大きな鼻。子どもだって知っていて、大鼻の子に「やい、京伝鼻の鼻くそ、おまえの鼻くそ、富士の山より大きいぞ」と囃《はや》し立てるぐらいだ。

その鼻が蔦重さんとおれのほうに向いた。

「これは蔦屋さん……煙曲会のお土産に自画賛扇子を、と思いまして、追いかけられてとちり切っているところで……」

鼻がふたたび下を向き、京伝の筆は白扇の上を駈け廻る。またたく間に、潮を吹く大鯨と鯱《しやち》が白扇の上に浮び上って来た。

「山椒《さんしよう》は小粒なれども辛く

針は細けれど呑《の》み難し

鯱は小魚なれども鯨に敵す
小敵と見てあなどるべからず」

賛を書き終えて、京伝は蔦重さんに照れ笑いをしたが、蔦重さんの肩ごしに白扇を覗《のぞ》いていたおれに気がついて、細い目をさらに細くした。

「おっと、伝蔵さん、お引き合せしよう。絵草紙作者が望みで、ひと月前、大坂から出て来た近松与七さんだ。大坂では浄瑠璃を二本書いたそうだ」

「近松与七です。教えていただかなくてはならないことが山ほどあると思いますが、よろしく願います」

丁寧に頭を下げたが、何の挨拶《あいさつ》も返ってこない。駄洒落《だじゃれ》がうまくまとまらないときのような中途半端な気分で、きっかけが摑《つか》めず、だいぶたってからおずおず頭を上げると、

「よろしく、といわれても困ります」と京伝が言った。

「戯作などというものは、教えるべきものでもなく、学んでどうなるという道でもありませんから。もっとも、ただひとつ、たしかなことがあります。戯作では食べてはいけませんよ」

いやな念を押されてしまった。

京伝はおれよりわずか五つか六つ年上であるだけだが、すでに、これからおれが一生かかっても出来そうにない仕事をしてしまっている。それを思うと気が遠くなる。しか

し、なにしろ、この世に持って生れて来たものが、あっちが千ならこっちは一、あっちが山ならこっちは一握りの土、あっちが海ならこっちは水たまり、あっちが大鷲《おおわし》ならこっちは蜉蝣《かげろう》、まるで違うのだから仕方がない。おれはそう諦《あきら》めて、いちいち頷きながら、よく動く薄い唇を眺めていた。

「ところで、お生れは？」と京伝は話頭を転じた。「駿府《すんぷ》です。父は与力でした」「駿府ですか」駿府じゃよくないといわんばかりの口調で、京伝は顎《あご》を突き出した。「駿府じゃいけませんか？」「いけないとは言いません」それはそうだろう。今更、出生地をかえて他所《よそ》に生れ直すわけにはいかない。

「ただ、わたしは絵草紙を江戸の作物《さくぶつ》だと考えているものですからね。江戸で生れて江戸で育った人間が江戸の暮しをふんまえてするものが絵草紙です。絵草紙といわず、戯作はみなそういうものでしょう？」

「しかし、風来山人平賀源内は讃岐《さぬき》の生れだったはずです」とおれもようやく一矢を報いる。

「それに銅脈先生は京都から一歩も足を外へ踏み出したことがないはずです」

「平賀源内の戯作や銅脈先生の狂詩と、当節の戯作とはまるで別のものですよ。あの人たちには本来の志というものがあった。だが志は浮世の冷たい風にひんまげられてしまう。心は萎《な》え萎《な》えになる。そうすると、世の中から一歩も二歩も退いて斜《しゃ》に構える。斜

に構えただけでも物足りず、その屈託を筆に託する。読者もあの人たちと同じようにな
にか志を持ち屈託を持った人たちだった。つまり読者の質はかなり高い」
なるほど、物は順に行っている。
「……つまり、江戸とはまるでかかわりがない。ですが与七さん、すこし世の中が変っ
て来ています。江戸へ諸国から人が集まってくる。寛政の御改革以来、手習が盛んにな
って文字の読める人が殖《ふ》えて来た。そういう人たちが何か読みたくてうずうずしている。
もう志も屈託もへったくれもありゃしない。なにかおもしろいもの、それを求めている。
与七さん、相手はそういった江戸の人間なんですよ。江戸を知っているにこしたことは
ない。そう思ったまでです」
この間、京伝の右手は休みなしに白扇の上を行き来している。数本仕上げたところで
京伝は筆をおき、
「しかし、志もなく、またその志の屈曲もなくただ人をおもしろがらせるために書くと
いうことは辛いことだ」
とひとりごとのように言い、「では、こちらへ」と立ち上った。
京伝店の奥座敷はすでに人でいっぱいだった。どこへ坐り込んでいいのやらまるでわ
からず、入口近くできょろきょろしていると、一旦は京伝と一緒に上座に坐った蔦重さ
んが、膝《ひざ》で人を押しわけて戻って来、近くに坐っていた二人の男の間におれを押し込ん

だ。

右手の男はおれと同年輩、角ばった浅黒い顔をしている。服装《こしらえ》は町人風だが、耳がつぶれているのは剣道の面擦《めんず》れによるものらしく、武家の出自《しゅつじ》なのだろう。左手の男は若い。二十にもまだ間がありそうだ。丸顔で色白だ。どっかの丁稚《でっち》というところだな、とおれは踏んだ。

「清右衛門さんに太助さん、この人は近松与七さんだ。お前さん方と同じく作者志望だ」

おれは「近松……」といって角顔の清右衛門に目礼をし「……与七」といって丸顔の太助にも目礼した。清右衛門は「会田《あいだ》だ。飯田橋で下駄屋をしている」と頭をうしろにそらした。いやに武張った挨拶をする男だ。

太助は「浅草田原町の本屋堀野屋に奉公しているもので、西宮太助と申します」と馬鹿丁寧な挨拶をし、「清右衛門さんは三年前に一冊、れっきとした絵草紙を出しているんです。だからもうわたしなんかの大先輩で。もっともあの絵草紙はまるで評判にもなりませんでしたけど……」と清右衛門の注釈をした。清右衛門はふんと鼻でせせら笑い、「当らないでかえって幸いだ。わしには別に絵草紙で笑わせて、天下を取るなどという謀叛気《むほんぎ》はこれっぽっちもない」

絵草紙作者志望の人間が絵草紙をくさすようなことを言うから、おれは驚いて清右衛門を凝《じっ》と眺めていた。

ほどなく座敷に下女や店の者などが入って来て、客の前に折詰を配り、汁椀《しるわん》に汁を注ぎ、それぞれの前に置いた。折詰は浅草の八百善から取り寄せたもので、汁は土橋《どばし》の平清《ひらせい》の鯛《たい》のうしおですぜ、流石《さすが》京伝先生ともなると奢《おご》っていますね、と太助がまた小声で注釈し、懐中から憶え帳と矢立《やたて》を出して、折詰の中身を書きとめた。

そのとき、はるか上座で、京扇子をぱちつかせながら、額に三本太い皺《しわ》のある四十四、五の男が坐った。上座の人たちはみな、男に軽く会釈をした。刀を持っているのが、どうもこんな席にふさわしくない。

「だれです、あの人は？」

太助に小声で聞くと、太助は呆れたようにおれを見返して、「蜀山人《しよくさんじん》大田南畝《なんぽ》先生ですよ」と囁《ささや》いた。あれが天下第一の狂歌師か。

「あんな鹿爪《しかつめ》らしい顔をしてますが、もと吉原松葉屋の三穂崎って新造《しんぞ》を妾《めかけ》に囲っているんですから、なかなか隅《すみ》に置けません」

と太助は得意の注釈をほどこす。

蜀山人の隣で、顳顬《こめかみ》に小さな頭痛どめの即効紙を貼《は》った男と、折りたたんだ紅絹《もみ》の布でしきりに目を拭《ぬぐ》っている男が話をしている。

「即効紙を貼って深刻な顔をしているのが役者絵の写楽、紅絹の布のほうが大首絵の歌《うた》麿《まろ》……」

女の子が、色の白いところへ即効紙を小さく切って貼っているのはいい眺めだが、四十男ではなんとなく情けなく見える。紅絹の布だって同じことだ。目のふちを赤くした女の子が紅絹でふくのなら色っぽいのだが。

写楽と歌麿の次に京伝がいる。京伝は五十がらみの武士と頷きかわしている。大柄で小肥りで、下ぶくれの温顔の持主だ。

「あの人はあれですよ、借金も今は包むに包まれずやぶれかぶれのふんどしの暮、という狂歌の作者……」

「朱楽菅江《あけらかんこう》か？」

「そうそう」

京伝と朱楽菅江の会話を横で聞いているのは、長い顔の男。

「あの人が狂歌師花道《はなみち》つらねですよ。それでわからなければ五代目市川団十郎……」

ほかにも、黄表紙の開祖の朋誠堂喜三二《ほうせいどうきさんじ》が折詰を食って居、狂言作者の鶴屋南北が鯛のうしおを啜《すす》って居、麴町裏六番町「和学講談所」の会頭塙保己一検校《はなわほきのいちけんぎょう》が座敷のざわめきに耳を傾けて居る。おれは京伝の交友の広さに舌を巻いた。

蔦重さんは若い男につかまっている。そいつの恰好《かっこう》がきんきらきんの凄《すご》いもの。下着は舶来広東縞《カントンじま》、上着は黄八丈で憲房染《けんぼうぞめ》の小紋模様、あわせ羽織も黒の無地八丈。前さがりを長く仕立ててあるのが気障《きざ》だ。

「太助さん、蔦重さんと話のはずんでいる若い男は誰です？」

いままで、打てばひびくように注釈をくれた太助は、ここではじめて首をひねった。

「それがわたしもさっきから気にしていたんですが、わからないんですよ。とにかく初めて見る顔です。多分、どこかの百万両分限《ぶげん》のどら息子でしょう」

不意にざわめきが鎮《しず》まった。気がついてみると、座敷の真ン中の畳六帖分ほどの空きにひとりの男が這《は》いつくばって平伏している。男は「にゃあごにゃあごにゃあごろ」と猫の啼《な》き声を発しながら上座に向って顔をあげた。

真に迫った猫啼き声で、どこかで男の声に応えるように、本物の猫が啼いた。

「わたくし、吉原から深川一帯をぴらぴら泳ぎ廻ってお情けをいただいております幇間《ほうかん》、猫荘兵衛《ねこのそうべえ》でございます。すでに御案内の通りこのたび、こちらのお店から、新しく『五《ご》町《ちょう》煙草《ば》』が売り出されることになりました。この五町煙草、くわしくは存じませんが、野州馬頭山《とうさん》の油脂《あぶら》の強い極上葉に、秩父薄辺《ちちぶすすきへん》のこれまた油脂の強い極上葉を五分と五分等分に合せて刻んだもの。油脂の強いせいか火持ちよく、五町の間、息を入れずとも決して火が消えないという重宝な煙草だそうで、身持のよい嬶《かかあ》は家の宝、火持ちのよい煙草は煙草のみの宝、『五町煙草』の名にも因《ちな》んで御寵愛《ごちょうあい》くださいますよう、発売元京橋伝蔵様になりかわりまして、畳に額をこすりつけなすりつけ、おんねがい申しあげます」

煙曲師は畳に額をこすりつけながら、右手に隠し持っていた紅を素早く額に塗った。上座の人たちには見えないだろうが、おれたちは下座だから、それがよく見える。煙曲師はやがておもむろに顔を上げた。上座は額が赤いのを見てどっと笑った。あんまり畳に額をこすりつけて熱心にお願いしたので血が出ましたという洒落なのだが、おれたちは種《たね》がわかってしまっているから、あまりおかしくはない。

「さて本日は、この猫荘兵衛、『五町煙草』の売り出しにいささかの興を添えさせていただきます。と申しましてもたいしたことをやるわけではございませぬ。『五町煙草』の煙を用い、山水楼閣、花木禽獣《きんじゅう》、そして、蜃楼海市《しんろうかいし》を吹きわけてごらんにいれます」

煙曲師は懐中から煙管をとりだした。羅宇は普通の太さであるが、雁首がだいぶ大きく、火皿はちょっとした湯呑ぐらいはある。店の者が薄く刻んだ煙草を山盛りにした重箱ほどの木箱と煙草盆を煙曲師の前に置き、出て行った。出るときに煙曲師の言いつけで、間《あい》の障子を閉め立てたが、これは煙曲の芸が風を嫌《きら》うためと思われる。

太助はさっそく憶え帳を引っぱり出し筆を構える。

丹念に煙草を火皿につめこんでいた煙曲師は、やがて居住《いずま》いを正し、上座に軽く会釈を送り、火皿に火をつけ、一口吸いつけ、口をつぼめて、おもむろに煙を吐きだした。

すると煙は真っ直ぐにするすると伸び、それはまるで口から一本の長い棒を吐き出したようである。一座がほっと嘆声を洩《も》らすと、嘆声が風となって煙の棒にぶつかり、煙の棒はぐにゃぐにゃと波を打った。

　煙曲師はこんどは自分の懐《ふところ》の中にぷうっと煙を吹きこんだ。しばらくは何も起らない。あれだけの煙が一体どこへ消えたのか。目をこらしていると、煙曲師の右袖からふわっと一輪、煙の輪が立ち昇った。これもまた煙の輪には見えない。もっと頑丈な感じだ。手桶《ておけ》の箍《たが》のようである。続いて左袖からも煙の輪がひとつ出て、宙に浮ぶ最初の輪に近づき、あれよと思う間もなくぶつかり、ぶつかった途端、二輪の煙は五輪に殖え、その五輪が互いに鎖状につながってゆっくり上昇し、やがて、ふっと消え去った。つづいて煙曲師は口先を筆先がわりに煙文字を書いた。空中に漂う文字は七文字、それを読むと、

『ごちやうたばこ』

　ここまででも充分驚いたが、煙曲師は七つの文字が消え失せると、「ただいままではほんの腕だめし口だめし、これより本芸」と口上を述べ、ひとつの大きな輪と三体の煙の小人を吐き出した。太助は心憶えを書きとめるのを忘れ、列座の人々は拍手をするのも忘れ、ただ、煙曲師の口もとを見つめるだけだ。

　輪は土俵で、三体の煙の小人のうちの二人は角力取《すもうと》りである。残る一体は行司で左右へ軍配をさばき、煙の力士はたがいに組合い、二、三合もみあった末、一方がどうと投げ、一方はばったと倒れ、行司は軍配を上げ、紫煙に戻った。

次の煙曲は前後三回に分けて吹きわける「雲のかけ橋」。第一回の煙で山水画の風景が忽然《こつぜん》と出現し、第二回の小煙で谷に橋がかかり、第三回の小煙でひとりの仙人が現われ、その橋を渡って消えた。

最後の煙曲は相当に色っぽい。傾城《けいせい》と遊び客の睦物語《むつものがたり》で、見ているうちにおれは妙な気分になってしまった。しかも、煙の男女の房事の間に、煙曲師はめりやすを唸《うな》って雰《ふん》囲気《いき》を出した。こうなると器用をはるかに通り越して神技に近い。やがて煙の男女の痴態もゆらりとひとゆれして、数条の只《ただ》の紫煙に還《かえ》り、欄間から外へ素早く流れ去った。

煙曲師の口から煙が吐き出され、それがひとつの形になるとき歓びがある。形が煙に還るとき、悲しみがある。そして、歓びと悲しみをひっくるめると、それはある感動になる。煙の出現と消滅との間に、数呼吸の短い時しかないせいか、その感動はいっそう強く心に迫る。

金々《きんきん》先生は一睡の夢に人の一生を見たが、おれは煙曲師の煙曲に人の生死を見たようだ。煙の形がぐらっと崩《くず》れるときはほんとうに迫力があった。死ぬとはこれ、これのことだなという実感が出ていた。

本芸を三曲吹き分けて、煙曲師は脂汗《あぶらあせ》でねっとり光った額を畳につけた。顔色が土色だ。息が乱れて肩の上下が激しい。きっと煙草の脂《やに》にあてられたのだろう。拍手が起って、小菊紙や奉書紙に包んだ金が煙曲師の頭上に降る。例のきんきらきんの若い男の投げたおひねりが煙曲師の眉間《みけん》に当った。

かなりの金が包んであると見え、煙曲師猫荘兵衛は痛そうな表情をしたが、手早く包みを拾い集め、「これはありがた山ぶき色、にゃァにゃァにゃァ」と猫の啼き真似をしながら、引揚げた。

すぐに座を立つ人がいる。隣同士で熱心になにか話し合っている人もいる。京伝は縁《えん》端《はな》に立って、帰る客に自画賛扇子を渡している。蔦重さんはどうするのだろう——。蔦重さんを目で探すと、探すまでもなく蔦重さんはあの若い男を伴って、おれたちのほうへやって来た。

「この若い方は深川の材木問屋伊勢屋の若主人で栄次郎さんとおっしゃる。みんなと同じように絵草紙を描きたいという望みをお持ちだ」

ほらやはりわたしの思った通りですよ、と太助がおれたちに囁いた。「深川の伊勢屋といえば江戸でも指折りの百万両分限ですよ」

「これはみなさん、おはつにお目にかかります」

栄次郎という男はへらへら笑いながら、おれたちの前に手をついた。脳天から絞りだしたようなきんきん声で、耳がこそばゆい。身のこなしに妙なしながあって薄気味が悪い。百万両分限のあととりとはどうも思えぬ。幇間の出来損《できそこな》いといったところだ。

「どうです、みなさん、これから、柳島あたりへくりこんでみませんか？　柳島の橋本という茶亭の料理はちょいとしたもんですよ」

栄次郎は色男ぶった手つきで、襦袢《じゅばん》の襟をつくろいながらおれたちの顔色を窺《うかが》う。

「じつはちょいとお願いの筋がありましてね。そのあとに芸者の極く綺麗首《ごきれいくび》んところを五人か六人、集めて、賑やかにひと騒ぎ。どうです？」

清右衛門も太助も行くというので、おれもついて行くことにした。出かける前に雪隠《せっちん》を借りると先客が居て、しきりに吐いている。

「背中でもさすりますか。それとも、水をもらって来ますか」

先客はゆっくりと顔をあげ、涎《よだれ》を手の甲で拭い、「ほっといてくださいな」と唸った。吐いていたのは煙曲師だった。「食うために煙草を喫って、その煙草のせいでせっかく食ったものを吐き出してるんだから、世話はありませんや」

またこみあげてきたのだろう、煙曲師は雪花菜《おから》を撒いたような反吐《へど》の中で、背中をまるめ小さくなった。

柳島

業平橋《なりひらばし》を渡ると、さほど遠くないところに黒い森が見える。黒い森の中に、秋の陽を浴びて、鈍《にぶ》く光るものがある。目をこらすと、それは社の甍《いらか》だった。栄次郎が、あれは妙見の社でして、と言った。土手から黒い森まで一面に萩《はぎ》が咲きこぼれている。その萩の海に小径《こみち》がうねりながら続き、先端は萩の中に没していた。時折り、風が立つと、萩の花は一度に揺れて、何億何千万の紅紫や白の小蝶《こちょう》が飛び立ち浮かれ戯《たわむ》れているかのように見える。萩にあやされて歩いているうちに、のどかな気分になってくる。

茶亭の橋本は土手と妙見の黒い森のほぼ中間にあった。

座敷に落ちつくとすぐ、酒がはじまった。栄次郎はおれたちに酒を注いで廻りながら、

「じつはわたくし、死ぬほど絵草紙の作者になりたい。ですが、わたしにゃその才がない。そこで、お力を借りたいんですよ」と、突然、妙なことを言いだした。

「いきなり図太いことを言うようですが、わたしには才のかわりに金があります。お礼

は充分にさせていただきます」

栄次郎の態度は神妙のようでもあり、ふざけているようでもある。声音《こわね》に真剣さの溢《あふ》れているときは、にやついた表情だったり、表情が真摯《しんし》であるときに、声が変に陽気だったり、常に声と顔とがうらはらだ。

「なぜ絵草紙の作者になりたいんです？」おれがまず一番槍《いちばんやり》をつけた。

「わたしは人を笑わせたり、人に笑われたりするのが無性《むしょう》に好みに合うんで」

「それでは幇間になればいいではないか」

清右衛門が簡単に結論を出した。栄次郎はぽんと額を叩き、叩いた手で清右衛門に待ったをかけた。

「それが、清右衛門さん、幇間の真似事《まねごと》をやってみたことがあるんですよ。師匠は一流の万里さんと五町さん、今日の煙曲師猫荘兵衛さんにもつきました。お座敷にも出ました。ところが、わたしが深川伊勢屋の息子ってことが露見したらもういけません。お客のほうがわたしをちやほやする。わたしの至らぬ芸をほめあげる。これじゃどっちが機嫌《きげん》をとってもらっているのかわからない。だからやめましたよ。それにつまるところ幇間というやつはわたしにゃ向きません」

「どうしてです？」と太助が訊いた。

「幇間は馬鹿にされるだけだから、つまらないんですよ。わたしは、他人を笑わせ、他人に笑われ、それで最後にちょっぴり奉られもしてみたいんです。中ノ町や深川あたりへ行ったとき〝あら先生、こんどの絵草紙、読みました〟なんて言われてみたい。幇間は軽んじられるだけで、この最後のひっくり返しがないからつまらない」

「つまるところは、名をあげたいのだな。先生とたてまつられたいわけだ」

栄次郎は、我意を得たりと、ぽんと両手を叩き、右手の人さし指で、清右衛門を指《さ》したが、よく手を叩く男だ。

「大店《おおだな》の若主人が、絵草紙の作者になりたいとは、千家か古流か遠州か知らないが、あんたもとんだ茶人だ」

「女と酒に入れあげて、身上がてんつるてんのすりきりになるよりはいいでしょ。親も喜びます。ひとつ、茶番のつもりで、いうなら洒落で、影武者になってやってくださいよ」

栄次郎は懐中から、八ツにたたんだ大判奉書紙を出してひろげた。狂歌らしいものが十六、七並べて書いてある。

「……このごろ流行《はや》るは狂歌となぞなぞ、なんていうぐらいですから、皮切りはありふれてますが、おもしろい絵をつけた狂歌なぞなぞでいこうと思いまして……こんなのはどうです。両親の許さぬ仲は　鰻《うなぎ》なり、無理に裂かれて　身をこがすなり……」

あまりにくだらないので、おれたちは口中の酒を、揃《そろ》って吹き出した。栄次郎は笑われてかえってうれしがり、次へかかる。

「これはどうでしょう。新《にい》まくら　そっとひろげるこわれ傘《がさ》、あんじあんじさす　あんじあんじさす……」

これもおれたちの失笑を買った。栄次郎はますます乗って、

「風邪《かぜ》心地　春の野原とよく似たり、草芽よく出る　嚔《くさめ》よく出る……。こづかいは土間に置いたる　砂糖かな、有難かったろう　蟻《あり》がたかったろう……。不器用な大工えてして　苦労性、無駄な木を使う　無駄な気を使う……。婚礼は　かまどの前の火吹竹、ふうふうと吹いたり　夫婦《ふうふ》となったり……」

どれひとつ、まともな出来ではない。仕方がないから、おれたちは、酔眼をしばたたきながら、およそ五十ばかり、狂歌なぞなぞを拵《こしら》えた。その中からよさそうなものを十二選び出し、桃太郎をもじって、ひとつの話に仕立てあげた。

桃太郎が鬼退治に出かけるところから始まって、犬猿雉《きじ》に逢うかわりに桃太郎は十二人の妖怪変化《ようかいへんげ》に出ッくわし、狂歌なぞなぞを解《と》くよう脅《おど》かされる。解けたら家来になってやる、解けなければとって喰うぞ、というわけだ。むろん、桃太郎は十二の狂歌なぞなぞを解き、家来として従えた十二の妖怪変化の助力で鬼を退治し、「めでたく笑って、お臍《へそ》に福茶を沸《わか》す」で大団円。とても上作とは思えぬが、子どもを釣るに桃太郎、こわいもの好きには妖怪変化、狂歌好きの大家には狂歌、なぞなぞを喜ぶ婦女子にはなぞな

ぞと、千里も行き、万冊《ぶ》も売れるようにと、抜目なく仕掛けを仕組んである。

題はものものしく「百々謎《ももなぞ》化物名鑑」。欲張りすぎて間の抜けた見本のようだが、題をつけるころは、四人ともかなり酔っていて、題のいい悪いの見さかいがつかなくなっていたのだ。内容よりも一流作者の推薦文に頼って、売行きをはかどらせようという太助の思いつきに、三人が乗気になったのも、酔いのせいにちがいなかろう。いつの間にか、序と跋《ばつ》は蜀山人と京伝にねだってみようということが決まってしまっていた。

最後に、版元に欠損をかけたくないから、経費《かかり》は一文も余さずわたしが払うと栄次郎が言い出した。それならわたしの奉公している本屋堀野屋にやらしてやってください、主人は絵草紙の版元になりたくて日頃からうずうずしていますから、きっと恩に着て、いい仕事をしてくれると思いますと、太助が請け合うので、版元の件は太助に委《まか》せることにした。

気がつくと五ツ半である。橋本で三刻《とき》あまりも喋っていたことになる。生醤油《きじょうゆ》の葉漬で茶漬を流し込んでから、小舟を仕立て深川へ行き、仲町の茶屋で、芸者と暁方《あけがた》まで騒いだ。むろん、費用はみんな栄次郎もち。

浅草

浅草田原町の本屋堀野屋の前を、革足袋《かわたび》さし足袋売りが背中をまるめて商《あきな》って行く。陰気で寒そうな売り声が身にしみる。堀野屋の店頭に二山ばかり、うず高く積みあげてあるのは、例の絵草紙「百々謎化物名鑑」である。

店先の竹の床几《しょうぎ》に、頭巾《ずきん》を襟巻がわりに首に巻き、厚地のくつ足袋をはいた足でとんとん足踏みして寒気を防ぎながら、栄次郎が腰を下ろしている。栄次郎は「百々謎化物名鑑」を買ってくれた客に、景物がわりに自画賛色紙を押しつけようと待機しているのだ。

自画賛といっても、栄次郎のことだから、碌《ろく》なものではない。おれが一日がかりで手ほどきした一ツ目小僧の一筆がきに、「百々謎化物名鑑」とでかでか書き、それに自分の戯名「辰巳山人《たつみさんじん》」を添えただけの曲も趣もない代物《しろもの》である。客が子どものときは、色紙が凧《たこ》にかわる。

田原町の通りを風が吹き抜け、土ぼこりが上る。その土ぼこりの中から、子どもが五、六人あらわれて、

「おくれ、おくれ、化物名鑑というのをおくれ」

店番の太助に十文さしだした。これを横目で見て、栄次郎がうれしそうな顔をする。もっとも（客が子どもではなく、年頃の娘ならもっといいのだが）、というわけありの笑顔だが。それでも栄次郎は「人気作者となるとちょっとも手が休まらない。つらいつらい」とぼやきながら、いそいそと爪に、一ツ目小僧を描きはじめた――。などというと、いかにも「百々謎化物名鑑」が売れに売れているようだが、ほんとうのところは、さかさまだ。

金の威光で、蜀山人の序と京伝の跋はもらったが、二人ともよほど中身が気に入らなかったのだろう、天下を二分する大文人の筆とは到底思われぬお座なりの序跋だった。気乗りのしない筆で書いてあるから、序跋を一読しただけで、金輪際《こんりんざい》中身を読むまいという気になるほどである。ひょっとしたら、蜀山人と京伝のことだ、金を包まれた手前、書いたには書いたが、魂までは売りはしない、内容の批評はきちんとさせてもらいました、というつもりで、故意に白けた序跋を寄せたのかも知れない。

画は蔦重さんの口ききと金の力で、歌麿がやってくれた。ところが実は歌麿は途中で放り出し、弟子の行麿が引き継ぐことになり、その行麿も内容の下らなさにむかっ腹を

立てておりてしまい、とどのつまりは、行麿の弟子の雨麿の、そのまた弟子のナントカ麿がようやく描き上げた。

こんなわけで、万が一にも評判になるようなことはあるまいと、清右衛門と太助とおれの三人は、刷り上る前から覚悟は出来ていたが、栄次郎だけは逆に、この一冊で、天下に文名一時にとどろく筈《はず》、千部売れたら吉原で千部振舞いのどんちゃん騒ぎをしましょうとか、文人ともなれば、右手の中指に筆だこのひとつもあったほうがいいと中指を木賊《とくさ》でこすって即席一夜漬のたこをこしらえようとして熱心が過ぎ、皮をすりむいて怪我をしてみたり、薬研堀《やげんぼり》新道の踊子十人に金で因果をふくめ、浅草の観音へはだし参りをさせ、「伊勢屋の若旦那の御本がどうぞ売れますように」と、お百度を踏ませて前景気を煽《あお》ろうとしてみたり、発売が近づくにつれ、やることが悪乗りになって来た。

見本刷が出来上ると栄次郎は見本刷に小夜着を着せて、三日も添い寝をした。発売の日には、戯作者は世を茶にして奇行をするのが風来山人以来のならわしだと、浅草観音の境内《けいだい》に空の米俵をかついで行き、俵の中に身をひそめ、墨で黒く塗った掌《てのひら》だけを突き出し、掌の上に豆を数粒のっけて、朝から晩まで、じっとしていた。

人々の目の前で素手で鳩《はと》をつかまえて見せ、奇名をひろめようというのだが、そんな手にひっかかる間抜けな鳩は一羽も居ず、伊勢屋の若旦那は馬鹿ではないかという評判はぼつぼつ立ちはじめたが、栄次郎の欲しい「近く絵草紙を上梓《じょうし》する若手戯作者、辰巳山人先生」という噂はどこからも一向に立ちのぼらない。発売になればひょっとしたら、という期待もすぐにしぼんだ。「百々謎化物名鑑」はまったく売れず、堀野屋や絵草紙問屋の店先で、埃《ほこり》に埋もれて行くばかり、売れないのだから評判にもならないのだった。栄次郎は朝から晩まで堀野屋へ出て来て、自画賛の用意をととのえて待っていたが、それが時の浪費だと気がつくようになり、急に顔色が冴《さ》えなくなっていった。

おれたちは、筆だこつくりや薬研堀の踊子のはだし参りや鳩の素手摑みを見て、「栄次郎のやつ、やってるわい。悪乗りして、笑われて、陽気に遊んでいる。茶気の強いやつだ」と、はじめは、にやにやしていたが、やがて、冴えない顔色、しょげ返ったこなしに、茶気ではない、こいつは本気だと気づいて、なんとかしなくちゃ栄次郎は病気になってしまうぞ、と思った。

サクラを使うことを思いついたのは太助である。まず、伊勢屋の番頭吾平を呼び出し、若旦那がこれ以上滅入《めい》ってしまうと病気になるのは請け合う、病気になれば万が一ということにもなりかねない、若旦那の命を大事に思うなら、金を出してほしいと持ちかけた。

吾平はびっくりしてその日のうちに金を用意してきた。清右衛門とおれは、その金を懐に、あっちの露地こっちの横丁と浅草界隈《かいわい》を歩き廻り、独楽《こま》をまわして遊んでいる子どもたち、汁粉屋で役者の噂ばなしをしている小娘たち、物乞《ものご》いして歩く乞食、四辻で客を待つ駕籠《かご》かき、棒手振《ぼてふ》りの若いもんなどに、駄賃《だちん》に十文《もん》、絵草紙代に十文、合わせて二十文やるから、田原町の堀野屋へ行って「百々謎化物名鑑」を買ってやってくれ、むろん、その絵草紙は家へ持って帰っていい、というようなことを頼んだ。

「堀野屋の店先に、その絵草紙を描いた先生がいるから、ぜひ、色紙か扇をせがんでほしい。もちろん、あたしにたのまれたということは秘密《ここだけのはなし》――」

と念を押したことは言うまでもない。引き受けておいて、買いに来ず二十文をねこばばするものもいたが、三人に二人は正直者、これらサクラのおかげで、きのうは七十、きょうは八十と「百々謎化物名鑑」に羽根が生え、三山積んであったのが二日で一山売れてしまった。

栄次郎は本が売れ出すにつれて、またもとの陽気な栄次郎に戻ったようだ。うきうきして扇に一ツ目小僧を描いている。ふと餓鬼《がき》大将らしいのが、おれのほうを見た。素早く目をそらせたが遅い。餓鬼大将がおれに大声でねだった。

「おじちゃん、また明日《あした》、二十文おくれよ。そしたら、もう一度、買いに来てやるからさ。明日はもっと仲間を集めとくぜ」

餓鬼大将を睨《にら》みつけながら、眼の端に栄次郎の姿を入れると、栄次郎は、宙に筆をとめたまま、力なく肩を落していた。

「……うかがいますが、戯作者とは何者です？」

おれたちは、すっかりしょげかえり放っておくと大川へ身投げもしかねない栄次郎を、三人がかりでなだめすかし、駒形の泥鰌屋《どじょうや》へ連れ込んだのだが、三杯ばかりたてつづけに盃をあおってから、栄次郎がそう言った。

「戯作者とは、京伝の十八番を真似していうわけではないが、戯作だけでは喰っていくことのできない人間さ」と清右衛門が答えた。

「平賀源内を見ろ。源内は櫛《くし》の考案や革細工や炭やきをして喰っていた。蜀山人大田南畝・朱楽菅江・紀定丸《きのさだまる》・白鯉館卯雲《はくりかんぼううん》・喜三二・春町・畠中観斎、みな俸禄が命の綱だ。桂川中良は学者、京伝は絵師でいまは煙草屋の主《あるじ》、元木網《もとのもくあみ》は湯屋の亭主、宿屋飯盛《やどやのめしもり》は旅籠《はたご》の主人、鹿都部真顔《しかつべのまがお》は汁粉屋の親父、芝全交は水戸様おかかえの狂言師、加保茶元成《かぼちゃもとなり》は吉原京町大文字屋《だいもんじや》の主……」

「そして、会田清右衛門は下駄屋の入婿《いりむこ》」

「茶化すな、太助」

「茶化す気は毛筋ほどもありませんよ。京伝先生が口癖のようにわたしにいうんです。太助、本気で戯作をやるつもりなら、清右衛門のように、やもめで小金をためている女を見つけて、婿に入るんだよ、ってね」

太助の言う通りである。おれも京伝や蔦重さんから、十日に一度は太助と同じことをいわれている。入婿先はあまり忙しくない商売をやっているところを探せ、と京伝が言っていた。忙しい商売だと戯作にさく暇がなくなるからだ。蔦重さんは年上の女がいい、と教えてくれた。年上の女は男の我儘《わがまま》を許してくれるからだろう。家業を放ったらかしにして戯作に耽《ふけ》ってもあまりがみがみは言わないだろう。清右衛門はむろんそうだが、そのほか、このごろのして来た不寝番起介《ねずのばんおきすけ》・大家店子《おおやのたなこ》・坂根自空《さかねじくう》・竈釜人《へっついのかまんど》など、みなこの手の婿養子だ。もっとも、この四人、女遊びが過ぎて、いずれも婿入先を離縁になっているのは偶然だろうが、おもしろい。

「ものを書こうというのは帳面をつけるのとはわけがちがう、辛い仕事だ」と、おれはいった。「筆が停まって二進《にっち》も三進《さっち》も前へ進まない。そういうときに、かねて用意の正業に戻って気散じをする。戯作だけでは喰えないというせいもあるけれど、つまったときのために、ふた股《また》かけておくんじゃないかしらねえ」

「筆が弾《はず》みすぎてお上のお咎めをくっても、生計の道が他にあれば、泡《あわ》をくわないですみます」

なにごとかじーっと考えこんでいる栄次郎の盃に酒を注いでやりながら、太助が言う。

「それにもし戯作だけで生計を立てるには、年にすくなくとも十編は書かなくちゃいけない。一生かかっても、人間に考え出せる笑いの手なんぞ、十か、せいぜい二十、逆立ちしたって追いつきませんよ。筆が荒れる、気が荒《すさ》む、血が荒れる。とにかくいいことはありません。それで、自然に正業を持つ。そういう仕掛けになっているんですよ」

「しょせん、戯作は戯作、戯《たわむ》れにする作だ。戯れにすべきことを本業にし、生業にし、正業にしては、全く理窟《りくつ》に合わない」

清右衛門はどしんと卓を叩いた。

「……戯作をやっていては喰えない。生業に励もう。しかし、戯作をやりたい。しかし、家の者がいい顔をしない、やはり生業に精を出そう。……しかし、なんとなくつまらん、やはり、戯作だ。……しかし、しかし、しかし……この〈しかし〉の間からなにか生れてくる。心が、正と負、本気と茶気、しかめっ面と笑い顔の間を往来する——、そこから、いや、そこからだけ、戯作の味わいみたいなものが湧《わ》いてくるんじゃないか。ところが、栄次郎、おまえさんには〈しかし〉がない、心の両極を往来する正のものと負のものがない。つまりさ、おまえさんは仕合せすぎるのさ」

「あたった！　そうにちがいない！」

栄次郎は両手を卓について、泥鰌鍋の上に頭をさげた。

「わたしもどこかへ婿に入ってやり直します。どこかに、忙しい商売の家ではなく、三つか四つ年上のやもめがいて、婿を探しているというところはありませんか」

おれたちは驚いて、酒に噎《む》せ返った。

「そんなことをいっても、栄次郎、あんたは深川の材木問屋伊勢屋の跡継ぎじゃないか」

「そのことなら、与七さん、父や番頭に頼んで、勘当《かんどう》してもらいますから、なんとかなると思います」

「冗談いっちゃァいけないよ、親に勘当をねだる伜《せがれ》なんてどこにいる」

「わたしはね、五つのときに、材木の下敷になっちまったことがあるんです。頭を角材でひどく打って、血だらけになって両親はこれはもう助からないと、何度も諦めたらしいんですがね。そのとき、親父が富岡八幡に願をかけました。『栄次郎の命をたすけていただけるなら、どんなことでもいたします。栄次郎を八幡様と思い、大切に育てます。どうか、命をたすけてやってください』……親父はわたしと遊んでやるつもりで材木置場へ連れて出たんで、怪我のもとが自分にあると思い込んだのでしょう。とにかく、そういうわけで、わたしは物心ついてから、ただの一度も親父に『そんなことをしてはいかん』と言われたことがないんですよ。つまり、親父にとっちゃわたしは八幡様なんで……」

どうも、どこか変ったところのある男だと思っていたが、ひょっとしたら、五つのそのとき、頭を強く打ったはずみに、大切なところがずれてしまったのかもしれない。

「今夜、さっそく勘当してもらいます。清右衛門さんたちからも、親父に勘当のとりなしを願います」

「いくらなんでも御免蒙《ごめんこうむ》りたいね、割れた茶碗をくっつけるのならやりがいがあるが、茶碗を割る手伝いはあとで気が咎める……」

「洒落でいいですから、茶番のつもりで……」

「親子絶縁が洒落で済むものか」

「洒落で勘当になるところがいいんですよ。どっと評判になります。名があがります。絵草紙が売れる。読売り《かわらばん》が書きたてる。どっちを向いてもいいことだらけだ。拝みます、後生《ごしょう》です、拝み後生ですから、さァ……」

清右衛門は栄次郎に引っぱられて外へ出かかる。はずみに卓が傾いて土間に鍋や銚子《ちょうし》が落ち、店内の酔客は一斉におれたちを見た。おれと太助は、喧嘩かと思い止めに入った泥鰌屋の亭主に勘定を払い、二人の後姿を追って、のれんをはねあげた。

深川

伊勢屋は木場《きば》でも屈指の大問屋だ。材木置場の一隅に、すでに鉋《かんな》をかけ、切り組みを終えた材木が、数十の井桁《いげた》に組んである。

「なんだい、あれは？」と聞くと、栄次郎は「こ、の、次の日本橋越後屋呉服店さ」と答えた。

「こ、の、次の……」という意味は栄次郎によればこうである。火事は江戸の華というぐらいで、いつ類焼の憂《う》き目《め》を見るかも知れない。それで、今の越後屋と同じ寸法で、材木を計尺し、鉋をかけ、切り組みをしておく。万一、越後屋が焼けても、これらを焼跡に持ち込み、組み立てれば、数日を置かず、また商売ができるわけだ。でかいところはでかいことを考えているものである。

おれたちは、庭に開いた大座敷に通された。造作はどこもかしこもゆったりと大き目にこしらえてある。天井は高い。広すぎて落ち着かない。三人とも自然に座敷の隅へ寄りかたまる。小人国の小人が大人国の大道場に通されたら、きっとおれたちと同じ気分になるだろう。屛風《びょうぶ》も襖《ふすま》も流行書家深川親和の隷書《れいしょ》である。その隷書の襖が開いて、五十前後の男が入って来た。栄次郎と番頭の吾平も一緒である。

「伊勢屋でございます。栄次郎がいろいろお世話になっております」

伊勢屋は平伏した。

「栄次郎からおおよその話は聞きました。……そして、これの頼みどおりにしてやることにしました」

それはようございました、と言うのも変だから、おれたちはただ低頭するばかりである。

「ただし、期限つきの勘当でございます」

番頭の吾平がつけ足した。

「三カ月ごとに栄次郎様がここに戻られます。そして、文名まだしのようであれば、勘当を更に三カ月のばすことになります」

ひどい愁嘆場《しゅうたんば》になるのではないかと思いながら来たので、おれたちはすこし拍子抜けした。それに三カ月毎《ごと》に勘当の期限を切るというのもおかしい。太助がぷッと吹き出したのにつられて、みんなが笑い出した。

「まったく妙な話ですな。子どもが人に笑われないで済むようにと思って築いた身代《しんだい》を、なんの因果か、人に笑われたいと子どもが使おうというのですから……」

間もなく運ばれて来た酒を、おれたちにすすめながら伊勢屋がそんなことを言った。

そこでおれが、「この身代をたった一代でお築きになったのですか?」と訊くと、伊勢屋が答えた。

「まあ、そんなところです」

「並大抵のことでは、これだけの身代は出来ないと思いますが、なにか秘訣《こつ》がおありですか」

「秘訣ねえ……大火事の起るのを待つことでしょうか」

栄次郎の父親だけあって、伊勢屋もなかなかの茶人である。

鳥越

鳥越《とりこえ》の社の南に、その名の如く幾重にも曲りくねった「七曲り」という通りがある。通りといっても幅は二間そこそこだから、露地に毛の生えたほどのものである。

この七曲りの中ほどに真間屋《ままや》という本屋があるが、絵草紙類だけでは立ち行かぬと見え、店の片隅には、三、四十種の江戸千代紙や、その他、硯《すずり》に筆、紙の筆箱、一閑張り《いっかんば》の小物入れ、三段重ねの小さな紙ひきだし、凧に豆帳面などが並べてある。

主は東兵衛といい、終日、店先に坐りっきりで、紙と鋏《はさみ》とひめ糊《のり》で、近所の子ども等の喜びそうな紙芸品をこしらえている。東兵衛は足が不自由なので、客の相手は娘のおすずさんの役目である。娘といっても、もう二十五で、歯を黒く染めている。四年前、指物《さしもの》職人を婿にとって亭主にしたが、「おまえさん」と亭主を呼んでも、赤くならないで済むようにやっとなったころ、亭主に死なれてしまった。死因は労咳《ろうがい》だったそうだ。

太助はある日、東兵衛の店へ、「百々謎化物名鑑」を卸《おろ》しに行って、おとなしそうで器量も悪くないおすずさんに目をつけた。年も栄次郎より三つ年上で、筋書にはまっている。

「いつまでもおすずさんを放っておくこともできないでしょう。わたしの知り合いに、絵草紙の作者がいて、入婿の口を探しているんですが、おすずさんにぴったりだと思うんですよ。とっつぁん、どんなもんでしょうねえ」と、持ちかけると、東兵衛は乗気で、「身体の丈夫なお方なら、願ってもないおはなしで。婿さえ見つかってくれれば、わたしも心置きなく墓の下に行けます」と答えたそうである。

むろん、栄次郎にも異存はなかった。近ごろの若い作者たちがみな入婿になって暮しの心配をなくしておいて、絵草紙に打ち込んでいることを知っているから、これで、絵草紙作者としての条件がまずひとつととのったと、嬉しがった。

栄次郎が真間屋東兵衛方へ婿に入ったのは、十一月の末ッ方で、真間屋のせまい座敷で、簡単な祝言《しゅうげん》を挙げた。おれも清右衛門や太助たちと式に出た。おすずさんは栄次郎をどうやら気に入ったようだった。一尺もある魴鮄《ほうぼう》の塩焼が出たが、魚の喰い方の下手な栄次郎のために、おすずさんは魚の身をほぐしてやったりした。栄次郎もまんざらでもない様子で、ほぐしてもらったのを口に運びながら、くだらない駄洒落をとばして、一同を笑わせている。師走《しわす》が近いので、表をひっきりなしに、はりはり干大根売りだの、干海苔《ほしのり》売りだの、暦売りだの、蜜柑《みかん》売りだの、昆布売りだのの売り声が、来ては去り、去ってはまた来る。売り声で景気がついて、途中までは、なかなかいい式だった。

ところが、途中で、伊勢屋の番頭吾平が、ひょっこり顔を出し、「若旦那様のことをなにとぞよろしく」と頭を下げ、金包みを東兵衛の膝に押しつけたから、すっかり妙な具合いになってしまった。

だれであれ、自分のところへ婿に来た男が、絵草紙の三文作者ではなくて、深川木場の百万両分限の跡取り息子で、しかも、やがては実家へ戻ってしまう人だ、と知ったら、びっくりするだろう。東兵衛はどうしていいかわからなくなって、とうとう、太助に盃を投げつけ、おすずさんは、しゃくり上げて勝手元へかけこんだ。

栄次郎はおすずさんを慰めて、「心配するなって。おれは材木屋より、戯作者が望みなんだ。事情は何も変っちゃいないよ」と言うが、おすずさんはますます声高《こわだか》にしゃくり上げるばかりである。

清右衛門とおれは、吾平に詰め寄って、

「余計なときに飛び出して来てくれたもんだ。この話は内緒にしておいたはずだが、いったいどこのだれから聞いたのです？」とたずねた。

「……この読売り《かわらばん》を出入りの者が持って来てくれまして、それで知ったのでございます」

吾平は懐中から一枚刷の読売りを出して、おれたちの目の前に掲げた。

真ン中に簡略な絵が描いてある。若い男の前に、年とった男が両手をついている。若い男のそばに「辰巳山人こと栄次郎」、年とった男のわきに「深川木場の百万両分限伊勢屋の主《あるじ》」と説明がある。本文の大意はこうだ。

「……深川木場の材木問屋の一人息子で、『百々謎化物名鑑』で売り出した絵草紙の若手作者辰巳山人栄次郎先生はさらに戯作道に精進《しょうじん》するために、さきごろ、親父どのに勘当を願い出た。わずらわしい家業を捨て、いかにも戯作者らしく、改めて、どこかの小店へ入婿し、戯作三昧《ざんまい》の日を送らんがためである。親が息子を勘当するのはよく聞くが、息子から勘当を申し出るということは珍しい。売り出しの戯作者らしい洒落っ気である。それにしても親父どののとめるのを振り払い、百万の身代をぽいと放りだした辰巳山人栄次郎先生、江戸ッ子の頭目ともいうべきいさぎのよさではないだろうか。なお、栄次郎先生は霜月晦日《みそか》に、鳥越七曲り真間屋東兵衛方へ入婿することになっている」

おれは、読売りを吾平からひったくり、栄次郎に差し出して見せた。

「だれがおれたちだけしか知らない内緒ごとを嗅《か》ぎ出して、板行屋《はんこうや》に売ったのか知らんが、よろこべ、栄次郎、おまえも、ぼつぼつ評判になって来た……」

にやりと笑って栄次郎がいった。

「わたしが書かせたんですよ、八丁堀七軒町の板行屋むさし屋にたのんでね。一部につき五文のお礼を払う約束で二千枚。ちょいと物入りだったけど、これでぐーんと名前が出るはずだ」

それから、栄次郎は懐中から、同じ読売りを四、五枚出し、

「よかったら、与七さんたちにも一部ずつ上げますよ。……いらないんならいいんです。あとでわたしがこの近所に配ってくるから……」とまた、懐中に戻した。


せっかく苦心の読売りだったが、「栄次郎というやつはすこしおかしいんじゃないか」という噂を、ぼうっと立てるのに役立ったくらいで、文名の方はあいかわらず、ないに等しい。暮れから新春にかけて、戯作者たちの酒席がいくつもあり、栄次郎はそういった席にはのがさず出て、末座から、誰か自分の作について一言でも云々《うんぬん》してくれないだろうかと、始終、聞き耳を立てた。しかし、序跋を書いてくれた蜀山人や京伝さえも、「百々謎化物名鑑」については、何もいってくれなかった。

年が明けて、恒例の黄表紙評判記が開板されたが、これにも一行も、栄次郎の評判は載っていない。

陽気で、わりとのんびりしたところのある栄次郎も、すこし焦《あせ》り出したようだ。

「どうせ、ここまで徹したんだ。この上は、不寝番起介・大家店子・坂根自空・竈釜人などの諸先生の真似をとことんまでしてみますよ」

小正月に、栄次郎のところへ行くと、栄次郎がそういった。

「……というと、どういう真似だ？」

「忘れちゃ困りますよ、与七さん、あんたが教えてくれたんですよ。連中は女ぐるいだって……わたしは、今夜から吉原に入りびたりだ」

おすずさんが酒を運んできた。おすずさんが出て行くと、おれはいった。

「おすずさんはどうだ？」

「あれはいい女ですよ。やさしくて、おとなしくて、それに陰気くさくなくて……はずかしいはなしですが、じつは惚《ほ》れました」

「じゃあ、吉原《なか》なんぞへあわてて行く必要はないぜ。おれが前にいった戯作者たちは飯《めし》の為にいやいや婿に入って、惚れてもいないかみさんと顔つき合せているのがいやさに、ほかの女に狂ったんだから……」

「いや、わたしはやりますよ。戯作者にゃやっぱり浮名がいります。京伝先生のなくなったおかみさんは吉原の散茶《さんちゃ》だったし、京伝先生が今噂になっている相手もやはり吉原の新造……それから、蜀山人大田南畝先生の囲い者《かこもの》が吉原の新造。こりゃどうしても吉原へくりださなくちゃァね」

おすずさんが今度は肴《さかな》の用意をして入ってきた。

「おすず、おいらちょっとこれから、吉原行きだ」

立ち上って栄次郎がいうと、おすずさんはにっこりして、「どうぞ、お気をつけてね。羽織は何がいいかしら」と下から栄次郎を見上げる。「そう大人《おとな》しく送り出されると困るなあ。ここは焼餅《やきもち》を焼くところだ。いいか、隣近所に聞えるようにこういうんだ。――まァ、あんたったら、入婿のくせに、よくもそんなことがいえるもんだねッ。家に女を買う金なんかあるもんか。たとえあっても、そんな金は溝《どぶ》へ捨てちまうよ！――どうだ、いえるな？」「いえますけど、昨日も伊勢屋から吾平さんが見えて、お金を置いてってくださいました。だから、お金でしたらいくらでも……」「そりゃわかってるけどさ、おれのいったとおりに怒鳴っておくれよ」おすずさんは窓を開き、大きな声で、「まァ、あんたったら、入婿のくせに云々」とよばわる。なんとなく迫力がないが、本心ではないのだから、それは仕方がない。隣の窓が細目に開いた。それを見て栄次郎は嬉しがり、これも大声で、「うるさいぞ！ものを書いている人間の辛さが、おまえなんかにわかってたまるか！ おれはもとからおまえなんか嫌いだぜ！」と喚《わめ》き立て、いからせた肩に羽織をひっかけて、外へ飛びだした。

おすずさんは利口な人だから、もう自分の役どころを心得て、「あんた、待っとくれよ」と後を追う。仕方がないから、おれも立ち上ると、隣で笑う声がして、おかみさんらしい声がこういった。

「もとからおまえなんか嫌いだぜ、だってさ。ここんとこ毎晩、好きだよ、おすず、あれ、いいよ、なんて大声でよがってたくせに。ふん、無理してるよ」

これでは栄次郎、京伝の当り作「江戸生艶気樺焼《えどうまれうわきのかばやき》」の主人公艶二郎を地でいっているようなものだ。

――栄次郎がおすずさんのところを無理して飛び出してから、十日たった。

おれは例の礬水《どうさ》引きの仕事が忙しくなって、その間一度も栄次郎に逢っていない。よく考えると、礬水引きが忙しくて、というのは口実だ。栄次郎に逢うのが辛いのである。文名を得るには、まず、先輩戯作者の生きた通りに生きてみるがいいと、栄次郎を茶番に乗せたことへの心の咎めがある。

むろん、栄次郎だってそれが天下第一の戯作者への道であると、本気で信じてやしないだろう。半分ぐらい本気かも知れないが、机の上が血の池地獄で、坐る座布団が針の山、おまえにものを書く才などあるものか。と呵々《かか》大笑する閻魔《えんま》の声を頭のどこかで聞きながら、脂汗《あぶらあせ》流して、地獄這いずり廻って、これ以上は自分にはできない、という作を仕上げるほかに、王道がないことぐらい承知しているはずだ。栄次郎がそれをせずに絵草紙の主人公もどきに、先輩戯作者の辿《たど》ったうわべのところだけを真似しているのは、ひょっとしたら、こっちの道も地獄へ通じているからではないのか。他人をどこまでも笑わせようとするとどっちみち地獄へ行きつくのだろう。地獄の入口は三途《さんず》ノ川《かわ》ばかりと限ったわけではない。

そこへ行くとおれは、だらしがない。さしせまっての喰う仕事にかこつけて地獄の前に坐ることから逃げている。――栄次郎を見ているとそれを思い知らされるので辛い。

そんなことを考えながら磬水を引いているところへ、吉原の茶屋の若い者が「栄次郎さんが相談したいことがあるといってらっしゃいます」ということづてを持ってやって来た。

茶屋の二階へ上ると、清右衛門と太助が、栄次郎を見て、困ったような顔をしている。

「栄次郎さんはやっぱり、婿入先を追い出されたいんですとさ。それで、清右衛門さんと二人で、なにもそこまで凝《こ》ることはないじゃないか、となだめていたところです。おすずさんが嫌いならともかく、栄次郎さんはおすずさんに惚れているくせに追い出されたがっているんだから、茶番が過ぎますよ、ね」

「太助のいう通りだ。与七さん、どうするかね？　栄次郎はおれたち三人に、真間屋へ先乗りしてくれといっているのだが……」

「うーん……たしかに、おすずさんはいい女《ひと》だ。伊勢屋の嫁にしてもおかしくはない。どんなに大きな屋台でも立派に切り盛りの出来る女《ひと》だ。だから、おすずさんとおやじさんをつれて伊勢屋へ戻るのが一番だと思うが、しかし、せっかく、……勘当される。婿に入る。女に狂う――と順に来たんだ。追い出されるところまで行ってみようじゃないか」と、おれはいった。

清右衛門と太助は、あれ？　というような表情をしておれを見た。栄次郎だけはしゃいで、

「追い出されるについては、出来るだけ騒々しい一幕がありたいもんです。騒々しければ騒々しいだけ評判になります。そのへんのところをおすずによく呑み込ませてやってください」

「念押しには及ばないさ。おまえさんは頃合いを見計って現われてくれればいい。この間の伝でやっておく」

おれは清右衛門と太助を目で誘って、登ったばかりの階段を、また降りた。素面《しらふ》ではすこし辛い役目だ、と清右衛門がいった。おれも同じ気分がしていた。三人で居酒屋で酒を仕込み、真間屋へ行った。おすずさんとおやじさんを見たら、もうすこし酒が要《い》ると思った。何もいわずお酒を飲ませてください、と頼み、おすずさんの出してくれた酒をぐいぐい飲んでいるうちに酔いが廻って、栄次郎の頼みなど忘れてしまった。

おやじさんと四人で、世の中の金はのこらずわたしのものよ、貸して取れぬと思や済む……と胴間声《どうまごえ》はりあげて歌っていると、表で怒鳴る声がした。

「おすず、出て来い！　おれが他所に女をつくったのが気に入らないんだってな？　おれを追い出すつもりなんだってな？　いいとも、おれだってれっきとした絵草紙の作者だ。こんなところに居てやるもんか。おい、おすず！……どうした？　やい、出てこい！」

見るまでもなく、その声の主は栄次郎だった。それからのことはあまりよく憶えていない。おすずさんとおやじさんが泣いていたこと、栄次郎が、「すまない、これもおれの出世のためだ。頼むから、おれを追い出してくれ」と畳に額をこすりつけていたこと、それから、栄次郎が「せめてものお詫《わ》びにお金は出す。おすずもおとっつぁんも一生喰うに困らないだけのお礼はする」といったら、おやじさんが「あんまり貧乏人をなめた口をきくんじゃねえ」と叫んで栄次郎に殴りかかったこと、それをきっかけに、おれたちも、「おまえは馬鹿だ！　大馬鹿だ！　死んじまうがいい！」と声を合せて繰り返し言いながら、おやじさんの加勢をして栄次郎を殴ったこと——、それぐらいをぼんやりと憶えている。

亀戸

鳥越七曲り真間屋での騒ぎ以来しばらく、おれたちは互いに相手を避けあって、行き来するのをやめた。栄次郎についての香《かんば》しい評判は依然としてない。七曲り一帯に「戯作者気取りの真間屋の婿が、何が気に入らないのか自分からおん出たそうな。可哀そうなのはおすずという娘さ。いい娘にかぎって男運が悪いらしいな」という噂が立って、七十五日どころか十日もしないうちに消えてしまった。

おれは礬水引きのあい間を見て、できるだけ机の前に坐るようつとめた。机の前に坐ると、どうしても、栄次郎やおすずさんのことが心に浮んでしまう。一行も筆が進まない。大坂に居たころ、おれは志野流香道をやっていたことがある。香の匂《にお》いがおれの雑念を払ってくれるかもしれない。そう思って香を炷《た》いた。そこへ太助が入って来た。

「へえ、いい匂いだ」と太助は鼻をひくひくさせた。

「気持がどうもまとまらないから、香を炷いたんだ」

「それはいい思いつき——といいたいところだけど、香に頼っているようじゃまだ書けるところまではいっていませんね」

「……そうか。そうかも知れないな。ところで、何だい、用件は？」

「栄次郎さんが、わたしたちに何か相談したいことがあるんだそうです」

「また栄次郎か。こんどは何の相談だ？」

「さァ——とにかく、明日の九ツ、亀戸《かめいど》の清香園で梅でも眺めながら一杯やらないか、とことづてて来ました」

「梅もいいな。太助はどうする？」

「行こうと思っています。清右衛門さんも行くそうです」

「……梅も見たいが栄次郎にも逢いたい。あいつはどうも妙に懐《なつか》しいやつだなァ」

太助もそうだ、その通りだといった……。

清香園の梅は変っている。幹が地面と平らに並んでのびている。そして、枝は天に向ってのびている。横に置いた太い丸太に上から枝を垂直に突き刺したように見える。梅の花は、これまでに見たどんな梅の花よりも大きい。梅の香の中で鶯《うぐいす》が鳴いている。鶯の声を追って見廻すと園内のあちこちに四阿《あずまや》がある。そのひとつから、栄次郎の声がした。

四阿にはすでに清右衛門がいる。清右衛門は、栄次郎がまた妙な絵草紙を描いたぞ、と卓の上の草稿を顎で示した。草稿の表紙には「吝嗇《けち》吝嗇《けち》山後日哀譚《やまごじつのあいだん》」とある。

太助とおれはぱらぱらっと斜めに読み下した。話の筋は極く単純である。悪狸を成敗した兎が名君にふさわしくカチカチ山一帯に善政をしく。ところが善政は善政だが、一点だけ瑕瑾《かきん》があった。この兎は節約好きで、質素に生きることをこの上ない美徳と心得、無駄は一切許さないのである。足が四本あるからといって何も四本使うことはない。普段は一本足でぴょんぴょん跳びはねればよいという布告を発する。眼も二つ使わず、片方の眼へ目塗《めぬり》をして蔵《しま》っておいて、ひとつだけで用を足すようにしろ、と命ずる。兎の連中は命令どおり片ッ方に目塗をし、酷使しているうちに、長い間にはその眼の球が疲れて来て、とうとう見えなくなってしまう。さァ、こういうときだと今まで蔵っておいた掛替《かけがえ》の眼を開けてみると、逢う兎、逢う兎、お互いにみんな知らない顔だった、などという他愛のないくすぐりがあって、いよいよ、兎君《うさぎきみ》は言葉にまで厳しい制限を加える。近頃の兎は下らぬ地口《じぐち》、駄洒落、語呂合せばかり多く、饒舌《じょうぜつ》が目立ちすぎる故、必要以外の喋《しゃべ》くりは勿論厳禁、必要な会話《やりとり》をも出来るだけ短くし、更にひとつひとつの言葉そのものも短縮しなくてはならないというのである。

そこでたとえば「油屋の九兵衛」なる兎は「あぶく」で充分、「天満屋《てんまや》の勘兵衛兎」は「てんかん」、「猿沢の又兵衛兎」は「さるまた」、「傘屋の柿右衛門兎」は「かさかき」、「葬儀屋の荘六兎」は「そうろく」と呼ばれることになる。「ハイ」という返事は

「ハ」でよし、「イヤ」は「イ」でよし、「蚊」は一字で短くしようがないが、他を短くして一字だけの言葉をそのままに放っておくのも不公平であるから、一字だけの言葉は、声を発せずにその意味をあらわすようにせよ——ここまでくると無茶な注文である。兎君に非難の声が殺到し、ついに兎君は退位のやむなきに至る。そしてその後を引きついで六人の老兎が政事を行うが、この六人が凡愚の衆で、毎日、小田原評定《ひょうじょう》ばかり。その隙《すき》に、カチカチ山は悪狸の遺子たちに攻めとられてしまう——。

おれの読み終るのを待ち兼ねたように、栄次郎がいった。

「悪くないでしょう？　与七さん、これなら評判になると思いませんか？」

「悪いか良いかはとにかく、こんなものを公けにしたら、どんなお咎めを受けるか知れやしないぜ」とおれはいった。

「悪狸は田沼意次《おきつぐ》で、兎君は前《さき》の松平定信公だということが誰にもわかってしまう。六人の老兎は、いまの幕閣のおえら方で、それぞれ老中首座の松平信明様、本多忠籌《ただかず》様、戸田氏教《うじのり》様、太田資愛《すけよし》様……それから……」

「加納久周《ひさのり》。堀田正敦《まさあつ》」

清右衛門が助け舟を出した。

「そう。それがはっきりしすぎてる」

「手鎖や江戸所払《ところばら》いになったらどうするんです？」

と、太助は気がかりだという様子で、また草稿をめくる。

「よかった！」

栄次郎はおれたちの心配をよそに嬉しがっている。

「じつはね、お上からお咎めを受けるのを覚悟して書いたんですよ。手鎖、所払い、わたしの望むところで……前の絵草紙が評判にならなかったのは、あれは屁《へ》みたいな作だったからだ、ってことに、わたしは気が付いたんです。あれは日向水《ひなたみず》みたいなもんで、ぬるくて、まだるっこしくて、なんというか……つまり、下の下の下策だった」

「栄次郎、おまえ、ほんとうにこれを、出すつもりか？」

「出しますよ、清右衛門さん。じつはこれは手控えで、清書したやつが、もう版下屋へ廻ってます」

「では、いくら思いとどまるようにいっても無駄だな？」

「……そういうことになります」

清右衛門は盃を卓に叩きつけるように置いて立ち上った。

「わたしはこれで帰らせてもらう。まさかの時に、仲間だと思われて、とばっちりを喰うのはごめんだ。戯作はしょせん遊びごとだ。無用の著だ。なのに栄次郎、おまえは真剣すぎる。高が無用の著で、将来を台なしにするはかなわん」

清右衛門は枯芝の上を野馬《のんま》のように去った。羽織の裾《すそ》が翻《ひるがえ》って梅の枝を敲《たた》き、藁色《わらいろ》の枯芝がところどころ散った白梅で白い斑《ふ》になった。

二十日近くたってから、栄次郎が蔦重へ、刷り上ったばかりの吝嗇吝嗇山《けちけちやま》を一冊届けてくれた。どうも読む気が起きず書棚《しょだな》のうしろへ放りこんでしまった。

さらに数日たった。だが、何の評判も立たない。蔦重さんに、栄次郎が吝嗇吝嗇山という題の絵草紙を、また堀野屋から出しましたが、もうお読みですか、と訊いてみた。

「それどころじゃありません。写楽が筆を捨てるといいだして、弱り果てているところです」

その夜、自室三帖に引っくり返って天井を眺めているところへ栄次郎がやってきた。浮かぬ顔である。どうだ、吝嗇吝嗇山の評判は？　と挨拶がわりに訊くと、よければこんな悪い顔をしてませんよ、と栄次郎がぼやく。だから、おれは慰めてやった。「悪い評判も、評判のうちだぜ」栄次郎はますます情けない顔になり、「その悪い評判さえ立たないんだから、やり切れません」といい、それから、急に改って、「たしか、与七さんは、いまの町奉行《まちぶぎょう》、小田切土佐守様の下で、帳簿役をなさっていたことがある、と前に伺ったような気がします。あれは本当ですか」おれの顔を覗き込んだ。

「ああ、本当さ。二十二歳のときおれは一年ちょっとこの江戸でぶらぶらしていたことがある。退屈しのぎに香道を習いはじめるうちに、ある香の席で、旗本小田切土佐守様の帳簿役の佐野準之助という男と親しくなっちまってね、親切ないい奴だった。で、そのうち、佐野の同輩が死んで、帳簿係に欠員が出来た」

「その後釜に入ったというわけですね？」

「そうさ。おれの親父は駿府与力で、身許は確かだ。だから小田切様に一度お目にかかっただけで話はすんなりまとまった。おれが帳簿役になって間もなく、小田切土佐守様は大坂町奉行に御栄転でね、後につき従っておれも大坂の土を踏むことになった。ところが、大坂でふと見た浄瑠璃芝居が病みつきで、いつの間にか狂言作者部屋の住人になってしまっていた。……小田切土佐守様は三年前、大坂町奉行から、江戸町奉行にまたもや御栄転……小田切土佐守様の御昇進に合せて、あいつ、佐野もだいぶ偉くなっただろう」

「お逢いになりたいですか？」

「まあ……な」

「じゃ、ぜひ、佐野様に逢いにいってくださいませんか？」

「なんだと？」おれは驚いて起き上った。

「なぜ、おまえがそんなことをいうんだ？」

栄次郎はおれの前に両手をついた。

「吝嗇吝嗇山が、まだお上から何のお咎めもないんですよ。どうしてお咎めがないのだろう、どうしてだろう、と考えている最中に、ふと、与七さんがずうっと前に今の江戸町奉行小田切土佐守様の下で帳簿役をしていたことがある、そういっていたのを思い出したんです。与七さん、この通り拝みますから、その佐野という方に、辰巳山人の『吝嗇吝嗇山後日哀譚』はご政道を茶化し、あげつらう、けしからぬ絵草紙であると、密告してくださいませんか？」

御番所に知己があると聞いたから、なにとぞ事を穏便にお取り計い下さいますように、――ならわかる。栄次郎はそれと全く反対のことを頼んでいるのだ。おれはただ呆れて口もきけない。

「あれこれ、お金がかかるだろうと思って、少々持って来たんです。もっと要るようなら、おっしゃってください」

栄次郎は懐から、手拭でぎりぎりッと縛った金をとりだし、畳の上をおれの方へずいとずらすように押し出した。断わられるかもしれないなどという迷いのまの字もない動作である。いま受け取ったのは、金というより、栄次郎の気魄《きはく》のようなものだったのではないかな、とおれは思った。そして、逆立ちした頼みごとを持ちこんできたこいつも、逆立ちしてそれを引き受けたおれも、どっちもどうかしている、とも思った。

「与七さんのおかげで、わたしは手鎖五十日の京伝先生、執筆停止の朋誠堂喜三二、江戸所払いの竈釜人、自害した恋川春町、こういった錚々《そうそう》たる戯作者たちと、肩を並べることができるかもしれません」

そう。たしかに、中身はとにかく、評判だけは——。


あくる日、常盤橋《ときわばし》御門の北町奉行所で、佐野さんと会った。

「重田《しげた》、おまえも江戸に来ていたのか」

重田はおれの本姓だった。近松与七と名乗ったのは浄瑠璃作者を志したときである。浄瑠璃を捨てたのだから、このへんでまた新しい名に変った方がいいかもしれない。

「佐野さんは変らないな。ところで、いまのお役目は？」

「小石川養生所見廻《みまわり》——」

「養生所は御番所の管轄《かんかつ》なのか？」

「そうだ。で、今、何をしている？」

「居候だ」

「気楽でいいな」

「気苦労ばかりだね」

「じゃ、まだ独り身か？」

「夫婦で居候はできないよ」

「そうだな。不自由だろう？」

「不自由なこともある。そのかわり一人で気が揃って呑気《のんき》だ。あんたは？」

「二人いる」

「奥さんがか？」

「まさか。子どもが二人だ」

おれは佐野さんのことを、佐野さんはおれのことを聞き、おれはおれのことを、佐野さんは佐野さんのことを話した。

「ところでいったい、今日はどういう風の吹き廻しでここへ舞い込んだのだ？」

「鉋屑《かんなくず》とまちがえちゃいけない」

おれは、辰巳山人著「吝嗇吝嗇山後日哀譚」を四冊、佐野さんに手渡した。

「この絵草紙を読んでほしいのさ」

「……辰巳山人とは重田の事か？」

「いや……それはおれの友人だ。読めば解ると思うが、カチカチ山のお伽《とぎ》ばなしにかこつけてお上を茶化している。かなり手ひどくからかっている。そこで、ひとつ――」

「わかった。騒ぎにならぬように前もって根廻しをしてほしい、というのだな。お役目が違う上に、わしの力など高がしれている。どこまで出来るか知らぬがつとめてみよう」

「ちがうんだよ。騒ぎになってもらいたいのさ」

おれがそうだったように、佐野さんも、しばらく黙って考えこみ、おれと吝嗇吝嗇山をかわるがわる半々に眺めていたが、やがて、考えるのをやめた。

「つまり、これは茶番か？」

おれは佐野さんに、栄次郎という男のことを、できるだけくわしく話した。佐野さんはまた考えこんだ。

「だいぶわかってきた。しかし、根本のところがまだよくわからない。その辰巳山人栄次郎はなぜそんなに人を笑わせたいのだろう？」

「佐野さん、そいつは難問だ、おれにだってわからない。ただ、ほれ蜜柑の皮を剝《む》くときでも、どうしてもヘタのある方へ爪を立ててしまう人もあるし、必ず、ヘタのない方へ指を突っ込む人もいる。あれですよ。ヘタの剝き方に善悪はなし、どっちから剝いてもおいしさが違うわけではない。ヘタのある方から剝く人は、蜜柑の剝き方が、ヘタってこともない。それなのに、やはり、ヘタのある方へ爪を立てる人は、どんな考えごとをしていても、知らぬうちにヘタのある方へ爪をたてている。おれは梅干をしゃぶったあと、必ず中を嚙み割って天神様まで頂かないと気がすまない。あんなもの、うまくもなんともありゃしない、かえって歯が痛くなるのがおちだが、気がつくとやっぱし天神様をしゃぶっている。尻を拭くときだってそうだ。物心ついてから今朝《けさ》の今朝まで、おれは後《うしろ》から前へ拭いてきた。後から前へ拭くなんてきまりはどこにもない、前へ拭いたからって、運に恵まれるわけでもない。それで運が向いてくるなら、もう三十の声が掛かるというのに居候などしているわけがない。だがどういうものか、前へ拭かないと気がすまない。うっかり前から後へ始末した日は、一日中、尻塩梅《あんばい》がしっくりしない、こそばゆい。言葉についちゃァ妙な癖がある。たとえば、向学という言葉を聞くか言うかするとする。するとその途端に、おれは、好学、後学、皇学、高額、講学、鴻学、溝壑《こうがく》……というように同じ音を持った違う意味の言葉を思い浮べてしまうんだよ。しかもそれだけじゃすまない。同じ音の次は似た音の言葉探しだ。合格も向学と音が似ている。高閣も行客も口角も似てる。損も得もないんだ、趣味というのんびりした気持でもない、そうすべきだと心に心が下知しているんでもない、ひとりでにそう励んでしまってるんだから、つまりは、貧乏性なんだろう。わがことながら、ご苦労様だと思うがね。さてお次はどうなるか、——思いついた言葉をひとつの文章にまとめ上げたくなる。『向学心があったので合格した』『その高閣に登った行客はみな高額な金をとられた』なんて愚にもつかないことを考えついて、やっと気がすむ。安心する。どうしてもそうしなくちゃいられない。大袈裟《おおげさ》かもしれないが、これは業《ごう》みたいなものだ。おれはつい言葉をいじくってしまう……」

「栄次郎の場合は、それは何なのだろう？」

「笑うものなら、石っころでも笑わせてみたいと思っていることだろう。石が笑ってくれるなら、自分の命、手前の一生、なんでも茶にしようというつもりの男だ。自分の躰《からだ》から皮と骨と心の臓を残して、あとの血と肉と臓腑《ぞうふ》を、茶気とか茶番で入れ換えようというのさ」

「なぜ石までも笑わせようとしたいのか、それがわからんな」

「だから、そうしないと気がすまないからだよ。なぜもどうしてもない。それに、石っころが笑いでもしてみろ、みんながうれしがるだろう？　みんながうれしがっているのを、どこからか、にやにやして見ていたいのさ。ほら、よくこういう子がいるじゃないか。葬式の最中に、人が見ているときに限ってくすくす笑い出してみたり、こっぴどく叱《しか》られているのに、人が見てるとぺろりと舌を出したり、他人にすぐみつかるような悪さをわざとして、やっぱりばれてうれしがったりしている子どもが……そういう子どもの成れの果てが、栄次郎だ」

「……つまり、いつも見られたがっている男か……」

「ただし、他人《ひと》に笑われながら、だ」

佐野さんは、吝嗇吝嗇山をよく読んでみよう、といった。その上で、小田切の殿様にもよく計ってみよう、と約束してくれた。吝嗇吝嗇山が、真実、御政道に楯《たて》をつき、お上を愚弄するものなら、栄次郎が望もうと望むまいと、板木没収の上お咎めということになろう、だから、一にも二にも、内容次第だ、と佐野さんは当り前のことをいった。

「とにかく、おれもせいぜい騒ぎ廻ってみよう。この絵草紙の内容は言語道断！　放置すれば由々《ゆゆ》しき大事！　板木没収の上、断乎《だんこ》たる御処置を！……重田、ほかにもっと、ぞっとするような文句はないか？」

おれは佐野さんに、人心騒乱の戯作！　不穏過激の作物！　淫乱《いんらん》低俗の絵草紙！　など、思いつくままにいい、帰りぎわに、栄次郎から預った金を出して立ち上った。佐野さんはおれの裾を押えて待ったをかけた。

「これは受け取れぬぞ」

「手心を加えてくれと買収しているんじゃないよ、佐野さん、情け容赦なくこらしめてほしいと頼んでいるんだ。受け取ったからって誰に恥じることもないと思うが。それでも気になるようなら、小田切の殿様に計って、養生所の薬餌《やくじ》代《だい》にでも廻したらどうです。でなきゃ、身寄のない仏の回向料《えこうりよう》。働き手を病気でなくした人たちへの米代……」

佐野さんは何とも答えず、栄次郎の金を押し頂いた。

向島

このところ数日、蔦重に引きこもって、土蔵前の板の間で、礬水を引いている。それでも、世間の噂は、通い職人たちの無駄口の叩き合いからも、ひとりでに耳に入ってくる。向島《むこうじま》の桜が七分咲いて、ここ数日が見どき見どころだろう、と職人たちが話している。

「おれは昨夜《ゆうべ》、夜桜を見に行ってきたぜ」と眉間《みけん》に生傷のある職人がいう。「そしたら、川岸の近くんところでおれをじーっと見ている女がいる。女は一寸小気体《こぎてい》の利いた三十前後の一目でそれ者《しゃ》の果てと知れる仇者《あだもの》よ。ちょうどお日様が沈みかけているときで、薄化粧をした女の襟元があたりが暗くなるにつれて、だんだんと抜けるように白く目立ってくる。思わずぞくぞくっとして、吸い寄せられるようにして見ていると、むこうもこっちをじいーっ」

「おめえの眉間の傷でも見てたんだろう」と河東《かとう》がかりの鼻唄を唸っていた一番年長の

職人が話の腰を折る。

「冗談じゃねえ、この傷が出来たのはその後のことだ。……おれは、ここで勇気を出さなくちゃァ男と生れた甲斐がねえと思って、その女の方へつうーと近づいた。ところが……」

「どうした？」

「うしろから、また別の女に襟首をぐいっと摑まえられちまったね」

「いやにもてるんだなァ」と羨《うらや》ましそうにいった若い職人は左の眼頭に大きな目脂《めやに》をためている。眼病《めや》みなのである。「ところがもてたわけじゃねえのさ。うしろからおれの襟首を摑んだのは、おれの嬶《かかあ》よ。おれは嬶連れで夜桜見物に来てたことをすっかり忘れちまっていたのさ」

「さんざん気をもませやがってなんだい。手を休めて聞いてたおかげでえらい欠損だ」

河東がかりの鼻唄がいうが、じつはちっとも手は休んじゃいない。

「夜桜見物と眉間の生傷と、どうつながるんです」と眼病みが訊く。

「家へ帰った途端、嬶がツノ生《おや》しやがってね、さっきの女はだれだい、と来た。知らねえや、おれをだれかと見まちがえたんだろう、というと、口惜《くや》しいっておれの眉間を煙管でぽんと打ちやがった。おれもかっときて、嬶を一突きで突き倒した。すると、嬶が心張棒《しんばりぼう》を振り上げて、バカヤローときやがったから、おれはその虚《きょ》につけこんで」

「どうしました？」

「手を突いて詫びたよ」

みんな笑う。笑いがおさまってしばらく河東がかりの鼻唄だけが聞えている。眼病みがときどき思い出し笑いをして、左眼をしきりに拭っている。河東節《かとうぶし》が眼病みに「ずいぶん長い間直らねえ目だな。目が悪くっちゃ気が鬱《ふさ》いでおもしろくねえだろう。眼医者にかかってるのか」と訊く。眼病みが頷く。

「銭を惜しんでくだらねえ医者にかかるから、はかばかしく直らねえんだ。なんでもいいから、いい医者にかかってうんと銭を使え。構わねえから家を潰《つぶ》すか目を潰すか、どっちか片ッ方潰す覚悟でなくちゃァならねえ」

「潰すだけの銭がないよ」「間抜けめ、蔦重さんにわけを話して借りるんだ。あとで、おれが口をきいてやる」眼病みはぺこんと頭をさげる。

「おめえの目でも潰れてみろ、おめえをここまで苦労して手塩にかけなすったあのおっかさんにどう申しわけする？　眼を直すのも孝行のうちだぜ。おめえのおっかさんの苦難というもんは大変なものだぜ。十月《とつき》の間、胎内におめえを留めておいたのが第一の苦難だ。おっかさんだから留めて置くんだ、やかましい質屋なら四月《よつき》で流してしまう。十《と》月《つき》じゃァ長いからって途中で出してまた入れるという具合い式にゃいかねえ。そこを考えても、おっかさんには孝行しなくちゃならねえんだ。この馬鹿」

「馬鹿といえば、辰巳山人栄次郎ってのはよっぽどの大馬鹿だぜ」と生傷がいう。

「なんだい、その野郎は？」

「『吝嗇吝嗇山後日哀譚』てえ絵草紙の作者だがね。自分から、お咎めを蒙《こうむ》りとうございます、と御番所へ願い出たそうだ」河東節と眼病みが異口同音に「へエ？」という。

「そこでお上じゃさっそくその絵草紙をご吟味になった。たしかに、お上への当てこすりがないでもない。かといって、京伝先生や春町の作とは大ちがい、まともに相手にするのは、はばかられるという代物《しろもの》。つまり、他愛のねえ上にくだらねえ半ちくな絵草紙らしいのさ。ところが、栄次郎の方は、お咎めが今日くるか明日くるかと、毎日、首をのばして待っているっていうから呆れ返った唐変木《とうへんぼく》じゃねえか。なんでも、二、三日前にゃ、薬研堀の踊子を連れて、麻布《あざぶ》の十番稲荷《いなり》に願かけたそうだ。お上のお咎めを受けることが出来たら一生好物の煙草を断ちますってね。それから、お咎めを受けたときはどうするかっていう筋書もちゃんと考えてあるそうだ。江戸を所払いになったら、薬研堀の踊子に〝辰巳山人栄次郎〟という名入りの揃い半天を着せて手古舞《てこま》いを踊らせ、日本橋を七ツ立ち、品川まで、自分をお見送りさせるそうだ。手鎖のときは、辰巳芸者を一晩買い切って、手前《てめえ》の手首にかかる手鎖と同じものを芸者にもかけさせ、気の早い揃いの浴衣姿で、〽金をひろうたら、浴衣を染めよ、肩にかなてこもすそに碇《いかり》、質に置いても、流れまい、と踊らせて歩くことになっているっていうぜ」

河東節も眼病みも、ここではじめて手を休めて笑った。「世の中にゃ豪儀な馬鹿もいるものだ。ほんとに嬉しくなっちまう」と生傷も両手を後《うしろ》について天に向って笑った。河東節がようやく笑うのをこらえて、「ひとつおれもその吝嗇吝嗇山という絵草紙を買ってやろう」といった。「……どれぐらい他愛のねえ代物かこの目でたしかめてやろう」

生傷が横に手を振った。

「ところが、世の中には、おまえさんのような物好きがたんといると見えて、ここ数日で、吝嗇吝嗇山はどこの絵草紙屋でも売り切れだ。おれも今朝出がけに、近所の絵草紙屋へ寄ったが、買えなかったぜ」

「なんだい、くだらねえ」と河東節が生傷にいった。「おめえのほうがよっぽど物好きにシンニュウがかかってるじゃねえか」

ここでまた大笑いになった。眼病みは泣くほど笑って紅絹《もみ》でしきりに眼をこすっている。汚れた紅絹の布には目脂が五つ、六つこびりついている。ふっと笑い声が途絶え、おれの手許を人の影が暗くした。影の主の立っているところに覗《ねら》いをつけて見上げると、そこに、栄次郎がいた。

重ねて置いた栄次郎の右手と左手を、鉄の枠《わく》がしっかりと束《たば》ねている。

「与七さん、手鎖ってなかなか重いもんですね」

栄次郎の思いが叶《かな》ったわけだ。しかし、おめでとうをいうのは変である。よかったというのは尚更妙だ。

「絵草紙がだいぶ売れてるって噂だね」

「版元の堀野屋じゃ、注文をさばき切れずにてんてこ舞いしてますよ」

「版元にはお咎めがなかったのか？」

「それがないんですよ」

「手鎖は何日だ？　三十日か？」

「三日です」

佐野さんもなかなかやる。手鎖には、三十日、五十日、百日の三種ある。それが三日とはなんとなくおかしい。佐野さんは栄次郎をかなり深いところで摑《とら》えている、とおれは思った。

「三日間、放《ほ》ったらかしで、途中で役人が錠改めにも来ないっていうんです。お上も茶番でやっているって感じです」

栄次郎は軽い不満で鼻を鳴らし、縁端《えんはな》に腰を下ろした。おれは煙管《きせる》に火をつけ、栄次郎の口に銜《くわ》えさせた。栄次郎は煙をしばらく胸に留め、惜しそうに吐き出した。

「煙草も自分でつけられないんじゃ辛いだろう？」

「そのつらいところが日本一」

「噂では、辰巳芸者を買い切って、手鎖をかけさせ、浴衣着せて踊らせるそうだが本気かい？」

「どこの錠前屋でも手鎖をこしらえるのはお断わりだというんでそれはやめました。そのかわり、手鎖三日のお仕置に先行きの望みをなくした辰巳山人はこの世とおさらば、かねて馴染みの吉原の遊女と、明日の昼八ツ、向島の桜の土手から身投げ、と決まりましたよ。どぶうんと川にはまった途端、どこからか屋形が一隻近づいて、二人を救い上げる——という趣向です。これなら江戸中あッというでしょ？」

おれたちの話しぶりから、手鎖の男が栄次郎だと気付いて、全身を耳にしていた河東節や生傷や眼病みが笑い出した。

「敵討《かたきうち》は護持院ヶ原、縊首《いしゅ》は喰い違い、心中は向島に身投げは大川と相場は決まってますが、その定法を踏んまえての茶番ですよ。与七さんは清右衛門さんや太助さんたちと屋形船で待っていてくださいよ。屋形船は昼九ツ柳橋船源から出ます。さァて、じゃわたしはこれから吉原へ行って、手鎖を見せびらかしながら中ノ町でも歩いて来ますよ」

栄次郎は縁端から立って、二、三歩前へ歩きかけたが、すぐ戻って来、おれに大声で頼んだ。

「与七さん、すみませんがね、厠《かわや》へついてきてくれませんか。なにしろ両手がこの有様だ、前をさばいてやってくださいよ」

栄次郎につづいて厠に入るおれの背中へ、職人たちの笑い声が追いかけてきた。

柳橋から船首が北に廻ると大川に出る。どんよりした花ぐもりの空の向うに筑波《つくば》が見えた。

清右衛門と太助とおれは、ひとつの盃をその都度、大川の水で洗盃しながら、たがいに酒をすすめあい、首尾の松を過ぎるころは、もう大分出来上っている。ゆるやかな屋形船の揺れ心地と、規則正しい櫓拍子《ろびょうし》の音がねむ気を誘い、三人そろって大欠伸《おおあくび》をし、顔を見合せて、なんとなく白い歯を見せ合った。

振り返ると、供船の屋根船が六艘《そう》、通い船が一艘、そして茶船が一艘、都合八艘が、おれたちの乗った屋形船を追ってくる。八艘には、深川の男芸者が九人、女芸者が六人、両国の女芸者が六人、薬研堀《やげんぼり》の女芸者が六人、男は羽織、女は紬茶信夫摺縮緬《つむぎちゃしのぶずりちりめん》の仕着せを揃えて分乗している。

太助は例によって懐中から心憶え帳を出し、しきりに何か書き込んでいる。

「こら、太助、今日は向島土手の花を見に行くのだぞ。戯作の種をひろいにきたのではない。さァ、飲め」と酒を強《し》いる。

太助は拒みもせず盃を受け、そして、書き込みを続ける。おれたちの一行は、向島の土手で茶番身投げをするはずの栄次郎と女を救い上げ、それから大川を更に漕《こ》ぎのぼって、木母寺《もくぼじ》土手下の料理茶屋八百松へ揃いの庭下駄で上り、酒宴という段取りになっている。そして、再び船に乗り、夕景の桜を眺めながら、大川の水面に盃流しをするという趣向だ。後に従う八艘のどれかに、その盃が四、五千用意してあるはずである。

吾妻橋《あづまばし》を過ぎた。左手に聖天《しょうでん》の森が見え、その先は山谷《さんや》である。蘆荻《ろてき》の茂みからちちっちらっと白い腹を見せて都鳥が舞い上り、舞い降りる。

右手の土手ははや向島である。万朶《ばんだ》の桜花が、桜色の濃霧の如く上流へ続き、その中から、茶番好みの花見打扮《どだち》で押しだした酔客たちがジャジャ三味線に合せて、胴間声を張りあげるのが聞えてくる。桜土手の前を白帆の影が悠揚《ゆうよう》と通り過ぎて行く。白帆をやり過して、船頭は大川を横切り、船を土手と並べて止めた。舫杭《もやいぐい》に舫綱を結んだ船頭は煙管に火をつけ、目を細めて桜を眺めはじめた。

船と岸との間は三間ほどある。下を見ると花見客の投じた食べかすに魚が群っている。娘たちの嬌声《きょうせい》が近くで起り、水中の魚までがその声に驚いたと見えてぱっと散った。声のした方を見ると、揃いの手拭に揃いの日傘で、女手習師匠らしい年増《としま》に率いられた娘盛りの女の子が、数名の酔漢に抱きつかれ、振りほどこうと懸命になっている。やがて酔っぱらいたちは娘たちの力に負けて押し倒され、空を天井に大の字にひっくりかえって「さァ、殺せ」などと喚いている。そして、いつの間にか、褌《ふんどし》を桜に見せて寝入ってしまう。にきびを白粉《おしろい》でかくした小娘が通りかかって、袂《たもと》で顔をかくし遠廻りした。

と、間もなく、土手の人の波がふたつに割れて、樒《しきみ》の枝を左手に、数珠《じゅず》を右手に持ち、丸髷《まるたぼ》の兵庫《ひょうご》の上から手拭をぱらりと掛けた女を連れた栄次郎が下りて来た。女も栄次郎も吝嗇吝嗇山という五字を散らしたお揃いの小袖姿。栄次郎はむろん手鎖をしたままである。心中する男の持ち道具である蛇の目傘は、だから持っていない。

「栄次郎も女もにやにや笑っているぞ。とんだ道行《みちゆき》だ」

と清右衛門が苦々《にがにが》しそうにいった。

「でも、清右衛門さん、あの二人はほんとうに心から嬉しいことがあるんですから、にやにやしてても仕方がありませんよ」

太助は船端《ふなばた》から躰を乗りだすようにしている清右衛門とおれとの間に割り込みながらいった。船頭たちも船の傾《かし》ぎ具合いと相談しながら、船端近くへ寄ってきている。茶番心中の二人にいつ飛び込まれても手をのばせるように、みんなで船端に寄っているのだ。

「太助、栄次郎が嬉しいのはわかるが、女が嬉しがっているのはなぜだ?」

「あの女は江戸町三浦屋の遊女で帚木《ははきぎ》というんですが、帚木には深く契《ちぎ》った男がいるんですよ。栄次郎さんから、昨夜、吉原で聞いた話だと、神田白壁町の大工で清六というのが、帚木と先の約束をした男らしい。そこで栄次郎さんが、茶番心中の相手になってくれれば、身請けをしてやる。そうすれば天下晴れて自由の身、清六とすぐ一緒になれる、とこう持ちかけたわけですよ」

「あいつはあれで心がやさしいんだな」

おれが呟《つぶや》くようにいうと、太助が、

「そうです、そこが栄次郎さんの一番いいところですよ。帚木はもちろん、二つ返事で承知しました。だから、帚木は船に上って、衣裳《いしょう》を取りかえて茶船で向う岸へ運んでもらい、待たせてある駕籠《かご》で一目散に、白壁町へ駈けつけ、清六の帰るのを待つ、という寸法。清六はきっと腰を抜かすでしょう。なにしろ、江戸町で心にそぐわない客をとっているはずの帚木が夕飯の支度をして待っているんですから……」

栄次郎と帚木は水際に立っている。二人の後と横は十重二十重《とえはたえ》の人垣である。「誰だい」「何者だい」という声が人垣の中から上る。「辰巳山人だよ」「吝嗇吝嗇山という絵草紙で手鎖三日を喰った戯作者だよ」という声が人垣の中を駈け廻る。栄次郎はおれたちに向って目顔で合図した。

まず、帚木が湯槽《ゆぶね》を跨《また》ぐようなこなしで川に足をすべり込ませる。それを見て笑いながら、栄次郎も川に向って一歩踏みだそうとした。突然、人垣の一個所が揺れて崩れ、その崩れたところからとびだした黒い影が栄次郎の背中にへばりついた。栄次郎の笑い顔がふと曇った。輝いていた栄次郎の眼の光が一瞬に衰えて死んだ魚の目のように空っぽになった。白っぽい目になった。

栄次郎は背後を振り向こうとしながらゆっくりと前に傾き、右肩から水面へ倒れこんだ。川面に桜のような色をした血がすばやくひろがって行く。川中の帚木が血の色に気づいて、あっと息をのみ、岸を見上げた。

数瞬前、栄次郎の立っていたところに、血に染った鑿《のみ》を手にした腹掛けの男がぼんやりと突っ立っていた。帚木がふりしぼるような声で、清六さん！　と叫んだ。清六と呼ばれた男は棒が折れるように二つに膝を折り、その場に蹲《うずくま》った。

船頭が水に飛び込む音で、おれたちは我にかえり、船から飛び降りた。船頭にかわって、おれが栄次郎を抱きかかえた。栄次郎！　と呼ぶと、栄次郎の目が薄くあいた。

「……与七さん」

何度も唇を動かしたあげくに、その唇の動きが、ようやく声になった。

「……おれをやったのは……誰です？」

「清六らしい」

太助がわーっと泣きだした。

「栄次郎さん、わたしが悪かったんです。清六に前もって知らせておこうと栄次郎さんがいったとき、それじゃつまらない。清六もびっくりさせてやろう。だから知らせないでおこう、といったのはわたしなんですから……」

栄次郎はようやく清六という名を、心の憶え帳の中から探しあてたようだった。

「……茶番を本気にとっちまったらしいな……やっぱり……茶番は本気に勝てないんだ

な……」

それから栄次郎の目は長いことかかって自分を覗き込んでいるいくつもの顔をさまよい、最後におれを捉《とら》えた。

「……与七さん、これで辰巳山人の名はほんとうに江戸中に……おすずに逢いたいな……」

栄次郎はおれの腕の中で急にずうんと重さを増し、手鎖で束ねられた両手が水の中にもぐった。

深川の永代寺で栄次郎の葬礼があった日、おれたちはそのまま帰る気にはなれず、永代寺門前の縄《なわ》のれんで酒をのんだ。のんでいるうちに雨になった。雨の音を聞くともなく聞きながら、黙々と盃を口に運んだ。酒が廻るにつれて、太助がべそをかき、しきりに右手で目と鼻をひとつにこすりだした。

「わたしが馬鹿だったんです。清六にひとこと前もって知らせておけばこんなことにはならなかったんだ。それを……わたしは、知らせないほうがおもしろいからといって……わたしが馬鹿だった……」

「何回同じことをいっているのだ。太助」

清右衛門は酒が入ると意見上戸《じようご》になる。

「おれは酒に酔ったからいうのではない。ないが、おまえも栄次郎もすこし調子に乗りすぎていたぞ。なにが茶気だ、なにが洒落だ。おれが口を酸《す》っぱくしていっていたろう、笑いなど無用のものだと。無用のもので命を失う、こんなばかばかしいことがあるか。そして、おまえは一生栄次郎にすまぬと思いながらくよくよ暮さねばならない。とんだものを一生の道連れに背負込んだものだ。与七さん、あんたにもいいたいことがある。笑いなどというものは、無用でばかばかしいもので、その上、厄介千万なものさ。取扱いをひとつ間違えば、こんどのようなことにもなるし、なによりもあの京伝がいい手本ではないか。あの大才人がお咎めひとつで筆を折ったのだぞ。それを、あんたは、つてを求めてお上に、お咎めを逆に願い出たそうだが、全くどうかしている。お上のほんとうの恐しさを知らないから困る。お上の埒外《らちがい》のところで、ということは笑いも色も抜きで、すこしでも自分のやりたいことを見つけて行く、それしか、もの書きの道はないのだ。しょせん、戯作は慰みものではないかね。命を張るだけの値打があるかい？　読者はみんな寝っころがって暇つぶしに読んでいるだけだぜ。勧善懲悪、波瀾万丈、善玉悪玉、豪傑英雄……それで充分だ。うがち、茶気、笑い、滑稽、色里、女……そんなあぶないものは糞《くそ》くらえだ。おれは安全第一で描《か》きまくる。お上を気にせずにすむ方法《やりかた》でうんと描くぞ。うんと描かなきゃ筆一本じゃ、喰っていけぬ。清右衛門、もう下駄屋なぞやめて、筆で立て！」

清右衛門は結局自分自身に意見をはじめた。おれは笑い上戸だから、わけもなくにこにこして、安全第一結構じゃないか、と清右衛門にいった。ただし、おれは栄次郎の骨をひろってやる。栄次郎の倒れたところからやってみる。そうでもしなきゃ栄次郎が浮かばれないじゃないか。それに、おれには他に何の才もないのだ。武器は高々駄洒落がちょっと出来るぐらいのものだが、その唯一の武器で、栄次郎の分までやってやろうじゃないか。世人の慰みものに命を張ってみよう。栄次郎のとむらいの日に、おれは生れ変ったんだ。茶気が本気に勝てる道をさがしてやる。むろん、きっと机の前の地獄に坐り通してやる。おれはきょうから十返舎一九《じっぺんしゃいっく》だ。

「なんだ、その十返舎一九というのは？」

「おれの新しい名前さ」

と、おれは清右衛門にいった。

「香道の黄熟香《おうじゅくこう》の十返に因んで十返舎だ」

「一九はなんだ？」

「おれの幼名が市九。だから十返舎一九だ」

「じゃ、おれは曲亭馬琴《きょくていばきん》だ」

「……曲亭……馬琴？」

「漢書の〃巴陵《はりよう》曲亭の湯に楽しむ〃から曲亭、十訓抄《じつきんしよう》の小野篁《おののたかむら》の〃才馬郷に非ずして、琴を弾くとも能《あた》はじ〃を取って、馬琴だ。前からこの号が気に入っていたのだ。難しくて、おまえさんにはわからんだろう」

太助は例の心憶え帳をひろげ、筆を走らせている。帳面を覗きこむと、大きな酔っぱらったような字で、

「意見上戸に笑い上戸、いつかさまざまの上戸のありのままを活写してみること。題はたとえば〃酩酊《めいてい》気質〃」「そうだ活写だ！　茶番や笑いはお咎めのもと、勧善懲悪は性に合わない。わたしの行く道は活写。絵草紙を読む人々の毎日の暮しを、髪床や風呂屋での人々の会話《やりとり》を、そして、浮世のすべてを活写すること！」

などと書いてある。

「おれは駄洒落とくすぐり、清右衛門は勧善懲悪、そして、太助は浮世の活写か。それもよかろう。こうなりゃ書き競べだぞ、太助」

「十返舎一九さん、わたしもたったいま名前をかえますよ」

太助は帳面を前にめくりながらいった。

「前に思いついて控えておいたんですが……あ、これです。太助は捨てて式亭三馬。めでたいこうと思って式三番叟《しきさんばそう》をもじりました」

外を見ると、雨はまだ闇《やみ》の底からしっとりと降り続いている。

江戸の夕立ち

夕立ち

落ち合い場所の駿河丁越後屋呉服店に着くとすぐに、近くの石丁《こくちょう》の時の鐘が七ツを撞《つ》いた。

こっちは、吉原傍の孔雀《くじやく》長屋から駿河丁までたっぷり半刻《はんとき》かけて汗だくだくの喉からからになりながらも、約束の刻限にぴしゃりと納まったが、駿河丁とは目と鼻の本丁の鰯屋《いわしや》の若旦那はまだだった。

もとより、文句をいうのは身の程知らずの筋違い、向うは江戸で指折りの薬種問屋の跡取りで、こっちは吉原をぴらぴらと覚束《おぼつか》なく泳ぎ廻る駈け出しのたいこもちだ。いってみれば、鰯屋で薬といっしょに扱っている砂糖にたかる蟻のようなもの、若旦那が来るまでは、一刻が一日、一日が一年、一年がたとえ一生になろうとも、すがすがしく笑いながら待つのが勤めの本来、師匠の万八の十八番《おはこ》を盗《と》るわけではないが、「お座敷のかかっている間は、自分の躰《からだ》でも自分の躰だと思っちゃいけない。お尻の穴の毛羽《けば》までも客の躰で客のもの」なのだ。

時の鐘が鳴り終ると、それを待っていたようにあたりが俄かに薄暗くなり、室丁通りを日本橋の方から、通行人が数十人、申し合せたように両手を頭の上に翳《かざ》しながら、こっちへ追い立てられてくるのが見えた。追い立てているのは土煙。土煙はあっという間に通行人を追い抜いて、わらわらとこっちへ押し寄せてくる。

おれの着込んだ絽《ろ》の羽織は、師匠万八に拝んで借りた大事な羽織、ここで濡らしてしまっては、次から借りにくくなる。慌《あわ》てて越後屋の庇《ひさし》にもぐり込んだところを土煙が放れ馬よろしく勢いよく駈け抜けて行き、あとは土砂降り、通りの向う側の店が夕立ちの幕に遮《さえぎ》られ、はっきりとは見えなくなった。湿った土の匂いと涼気があたり一面に立ち籠《こ》める。孔雀長屋からこの越後屋まで、暑熱地獄も顔負けの情け容赦のない暑気の中を歩いてきたこっちには、この涼気は地獄で仏でありがたい。

襟をひろげて涼気を呼び込んでいると、次から次、あとからあとと庇の下に雨宿りをする者が押しかけ詰めかけ、その勢いに押し込まれるような恰好で、おれはいつの間にか越後屋の土間にいた。店内はおれのような雨宿り連中と買物客とでごった返し、芋を洗うようとはまさにこのことだ。その芋をかき廻しているのは、「なんでござい！　なんでござい！　御用はなんでござい！」と甲高《かんだか》く呼び立てる二百人あまりの手代の声。

間口二十二間の店の向う端では手代が十人ばかり、これまた天窓《あたま》のてっぺんへ抜けるような声で、「どうでござい！　どうでござい！　傘はどうでござい！」と叫ぶ。

俄雨に降られたお客や通行人に、無料で傘を貸すのは、商法上手な越後屋ならではのやり口だ。傘を返しにくるときにきっとまた買物をして行くだろうと算盤《そろばん》を弾《はじ》いている。たとえ猫糞《ねこばば》をする不心得者がいても、傘は開いてさすもの、傘に書かれた越後屋の屋号が人の目に触れ、不心得者は傘一本と引き換えに、当分、越後屋の広目屋《ひろめや》を勤めることになる。どっちに転んでも、越後屋にとっては、得にこそなれ損はない。

土間に積み上げた傘はあっという間にさばけ、通りに何百何十もの大輪の傘の花がいちどきに咲き、西へ東へとひろがって行く。雨の日の小川にたくさんの菊の花を浮べたようだ。と、その菊の花の流れを巧みに縫いながら、大輪の黒い花がひとつ、こっちへさかのぼってくる。黒い花と見えたのは蝙蝠傘《こうもりがさ》だった。

英吉利西《いぎりす》か亜米利加《あめりか》か仏蘭西《ふらんす》か魯西亜《ろしあ》か、そうでなければ衛士府《えじぶと》県か荒火屋《あらびや》か茂禄子《もろっこ》か、どこの知理《ちり》か芥《あくた》か分らないが、蝙蝠傘を差しているところを見ると、紅毛の輩《やから》に違いはなかろう、江戸のど真ン中をたったひとりで歩くとは夷狄《いてき》ながらも大した度胸だな。そう思いながら傘の下へ目を移すと、蝙蝠傘の主は絽などを着用に及び、裾捌《すそさば》きも鮮かにぴょいぴょい跳んでこっちへやってくる。

こりゃ妙な夷狄だな。呆気《あっけ》にとられていると、蝙蝠傘が目の前にとまってしぼみ、夷狄ならぬ鰯屋の若旦那清之助が、長い顎を突き出し、

「おっと桃八、待たせたね」

と、越後屋の軒下で見得を切った。そこでおれも、蝙蝠傘とは恐れいりました、と目を剝《む》きたっぷりと思い入れて見せると、若旦那は得意そうに鼻をうごめかし、

「こないだ、この越後屋の、横浜出店《でみせ》の見世開きを見物に行ったときに、出店の近くの唐物屋《とうぶつや》で見つけた代物さ。随分ふんだくられたが、ちょいとしたもんだろう？」

細かく気を配りながら、若旦那は蝙蝠傘を一本の棒にした。おれは懐中から取っておきの手拭を出して若旦那の肩の水気を払い落とし、恨みがましくいってやった。

「わたしも横浜へお供がしたかった。いったい、若旦那のお供についた仕合せなたいこは、どこのなんという野郎で？」

若旦那はおれから手拭を分捕って、蝙蝠傘の雨滴を拭いとり、

「桜川の荘六っていう若いたいこだ」

と水を吸ってずしっと重くなった手拭を投げ返して寄越した。

荘六ならおれも知っている。半年前に名披露目《なびろめ》の式を挙げたばかりの駆け出しのたいこだが、機転で固めた躰に当意即妙の血を流しこみ、軽妙洒脱《しゃだつ》の着物を着せ、その上に誠心誠意を羽織らせたようだという評判だ。

その上、踊らせれば焼けた鉄板の上に放り出された猫よりもせわしく躰が動いて賑やかで、浄瑠璃を唸らせれば座にいるお客や芸者衆の名前を即席で織り込んで語る芸当を

けろりとやってのけ、楽器を預ければ浅草奥山の曲芸師も真《ま》ッ蒼《さお》、なにしろ、右足に挟んだ撥《ばち》で小太鼓を敲《たた》きながら、左足で鉦《しょう》を刻み、口に呼子笛を咥《くわ》えて吹き鳴らしつつ、両手では三味線を器用に弾き、傍に置いた鼓を適宜に持ち換えて派手派手しく、馬鹿《ばか》ッ囃《ぱや》子《し》をひとりでやってのけるというのだから、生半可な曲芸師など足許にもよれない。口八丁手八丁合せて吉原十六丁に、いま売り出しの大型新人だ。

「……で、その荘六ってたいこはどうでした？」

「凄いな」

そう答えて若旦那は、店の奥へ続く土間をずんずん行く。その後を、おれは背中をまるめ手をちぢめちょこちょこと小刻みの早足のたいこ歩きで、忠犬のようについて行く。

若旦那が途中で振り返った。

「だがね、桃八、あの荘六には贔屓《ひいき》がつかないよ」

「そりゃまたどうしてです？」

「ああはっちゃきにやられたんじゃ、お客が霞む」

「お客が霞めば座敷は沈む……ですか。となると芸が出来すぎるというのも、蜂と蚊で」

「うん、痛し痒《かゆ》しだね」

「でも、そのうちに灰汁《あく》が抜けますよ」

「もうひとつ、荘六にはだめなところがある」

「そりゃなんです？　丑満時《うしみつどき》になると行燈《あんどん》の油でも舐《な》めるんですか、それとも首がにゅるにゅるっと伸びるとか、暗いところでにいッと口から牙が生え、隙を狙って若旦那の向う脛に喰らいつくとか、なにか怪しい節《ふし》がありますか？」

「背丈がありすぎるのが欠陥《きず》だね。たいこに見下されながら飲む酒はおいしくありませんよ」

そこんところだけはおれの勝ちらしい。お袋は志賀山流の踊りの師匠で、逗えば立て、立てば踊れの親心、三つのときから踊りを仕込まれたが、顔に髭の生える年頃になっても背が伸びず、寸足らずではやはり踊りが極まらない。もうすこし小さければ、親の因果が子に祟《たた》る式の見世物に出て、結構な稼ぎにもありつけたのだろうが、不仕合せなことにそこまでは低くない。お袋は役者の弟子をとっていたから、芝居の方にも知り合いが多く、それでは女形にでも、といってくれた人もいた。

そこで、ある日、鏡ととっくり談合、己れの顔をつくづく眺めたが、丸顔の大鼻の大口の団栗《どんぐり》まなこのこの顔に、山ほどの白粉を塗っても、女子の顔に化ける気づかいがないことに思い当り、簡単に劇界進出は諦めた。

たいこもちになったのは、やはりお袋の処に踊りを習いに来ていた万八師匠が、おれを一目見て、

「これは日本一のおもしろい顔だ。たいこになったらきっととてつもない大だいこになりますぜ」

と大声をあげたからだ。おれはその大声に吃驚《びっくり》し、吃驚したついでに万八師匠のところに住み込んだのだが、あのとき吃驚しなければ今頃はなにでお米を稼いでいただろうか。富本節が好きだったから富本の太夫にでもなっていたかも知れない。どっちにしてもこれからは、あまり荘六を怖がらぬことにしよう、とおれは思った。

越後屋の奥には三十畳はたっぷりあろうという大部屋があり、裁縫台が幾十となくずらりと並び、三十人ほどの細工人たちが、生地を裁ち、裁った生地を縫い合せ、水を口いっぱいに含んで霧を吹き、火熨斗《ひのし》をかけなどしている。若旦那を目ざとく見つけた手代が鉄炮玉《てっぽうだま》よろしく飛んできて深々と頭を下げた。下げた頭に若旦那、「夏羽織一枚、いそぎで頼むよ」、手代、頭を下げっぱなしのまま、今度は矢のように真っ直ぐに壁際の型紙棚へ飛んでいった。

「仕立て下ろしの羽織で、今夜はどこへ行ってもてようという寸法です？」

上《あが》り框《かまち》に腰を下ろした若旦那に、扇子で風を起してやりながら訊いた。

「そんなことを聞くとは、桃八、おまえも鈍だね。今日は七月の何日だい？」

「一昨々日《さきおとつい》が二十二日、一昨日《おとつい》が二十三日、そして、昨日が二十四日。月日は順に来てるようですから、ひょっとすると本日は七月二十五日では？」

「そして、明日が二十六日、二十六夜待ちの当日だよ」

「おっと、若旦那、読めました！」

おれは、ぱちぱちぱちと扇子を畳み、畳んだところで、ぽーんとおでこを敲いた。これは年季の入った仕草だから、われながら惚れ惚れするようないい音がする。

「二十六夜待ちなら品川だ。さては若旦那、品川女郎衆にもてようという魂胆ですね？」

「見識張った吉原の花魁《おいらん》にも、小飽きが来たところだからね、品川あたりで気楽にやるのも、たまにはいいだろう」

ぽんぽんぽんぽん、こっちはしきりに頷きながら、おでこを百叩きの刑にして、

「おっしゃる通りで。人間万事気楽が第一。気楽極楽大往生」

と、出鱈目《でたらめ》を並べたてる。下女が井戸水で冷した八杯豆腐《うどんどうふ》と酒を運んできた。貸傘といい、いそぎ仕立てといい、待つ客へのもてなしといい、越後屋はじつに細かくよく気がつく。越後屋を女房にしたらさぞよかろう。

ほろっと酔いかかったところへ、先刻の手代が出来立てのほやほやの羽織を持って来た。

「越後屋は万《よろず》現金売り、お代は帳面にしといてくれというわけにはいくまいね。これがたったひとつ不便なところさ」

若旦那は手代の前に金を並べて、

「僅かばかりで恥しいが、釣はとっといておくれ。細工人衆に冷し西瓜でも……、それじゃごちそうさま」

若旦那の背中に向って、細工人衆が一斉に叩頭《こうとう》した。三十もずらりと天窓《あたま》が並び、それこそまるで西瓜畑のようだ。

表に出ると、夕立ちはきれいさっぱりと上っていて、あたり一帯がすがすがしい涼気で洗われていた。道は泥んこだが、空はすっかり綺麗になり、上野の山の緑が目に沁《し》みるようだ。右手を見ると、日本橋が空に彫りつけたようにくっきりと浮び上っている。

「桃八、こっちへおいで」

通りの真ン中で、若旦那が蝙蝠傘でおいでおいでをした。跳泥《はね》を飛ばして駈け寄ると、若旦那は今度は、蝙蝠傘で西の空を指した。

振り返って見ると、越後屋の本店と出店との間の切通しに、富士が懸っている。まるで富士が越後屋を真ッぷたつに押し割ったように思える。富士の背中に夕日が落ち込んでいるので富士は黒ぐろとした、黒富士である。富士の肩から出た、何本かの巨大な後光が、蜜柑色の空に突き刺さっている……

二代目《いま》の広重はむろんのこと、初代《まえ》の広重にも、これだけの富士は描けまい。

「桃八、江戸に生れた冥加《みょうが》とはこれさ。松島がどうの、三保の松原がいいの、天の橋立が絶景のというが、これにかなう景色はあるまいよ」

おれは扇子でおでこをぽーん！

「そうですとも、若旦那。日本一の富士山と日本一の大店《おおだな》が、一目で見通せるところは、江戸のここしかありませんよ」

いって思わずはっとして、おれはあわてて継ぎ足した。

「日本一の大店には、もちろんもうひとつ、鰯屋というのがありますがね」

「桃八、そいつは馬鹿なお追従だ。日本一がふたつもあっちゃァまごつくよ」

二人で笑い声をあげていると、それを聞きつけたのか、四ツ手駕籠が一挺《ちよう》寄ってきた。

「行く先は品川」とおれがいう。

「酒手は大磯（多いぞ）」と若旦那。

「それならこっちは勇んで掛川で」と駕籠屋が張り切る。掛《かけ》と駈けをかけているのだ。なかなか出来る駕籠屋だ。腰を下ろす間もなく、勢いよく駕籠は走り出す、エイホッエイホッエイホッ。揺られているうちにとろんとしてくる。

越後屋の振舞い酒がいよいよ効いてきたらしい……

若旦那は駕籠を小菱屋《こびしや》の前でとめた。見世から見世へ旅籠《はたご》から旅籠へと、飯盛女《めしもりおんな》の冷かし歩きはしないつもりらしい。となると、ハハーン、この小菱屋に馴染みの妓《おんな》がいるな、とおれは睨んだ。

駕籠からおりて、腰骨を叩きながらあたりを見廻すと、さすが品川、東都の喉口、たいした賑わいだ。まず、馬が多い。軒端は殆《ほとん》ど馬の尻で埋まっている。ぼんやりと馬を数える妓がいるが、きっと売れずに暇をもてあましているのだろう。坊主も多い。寺の多い芝から品川まではひと跨《また》ぎ、それで大悟徹底していない坊主頭が目立つのだろう。それから色の黒い武張った侍も多い。これも薩摩屋敷が近いせいにちがいない。

「若旦那、どうやら今夜と明日の晩は、抹香《まっこう》の匂いと、薩摩煙草の国府《こくぶ》の匂いで、うなされそうですよ」

「そこがまた品川の味さ」

小菱屋の主らしい小肥りの中年男が、若旦那を迎えに出てきた。

「これはこれは、ようこそ」

「小菱屋さん、二晩泊りたいんだがね」

「それはもう喜んでお世話をさせていただきます」

それから、小菱屋は声を低めて、二階を目で指し、

「ただ、ちょっとおやかましいと存じますが、よろしゅうございますか？　薩摩屋敷のお芋さまがごろごろおりますが……」

「それは構いませんよ。かえって陽気でいいじゃありませんか。ときに袖ヶ浦はどうしています？」

「あの妓《こ》は若旦那の噂ばかりしておりますよ。このごろ毎晩、表に人通りが途絶えるころになると、元気のない様子で階段を降りてきて、階段の三段目にどでーんと腰を下ろして、ぼんやり表を眺めながら、こういうんですよ。〝ああ、若旦那は今夜も来なかったねえ〟って」

若旦那は悪照れして階段を登り、三段目の踏板をそーっと爪先で撫でたりしている。その若旦那に「ようーッ、飯盛殺しッ！」「日本一の果報者ッ！」などと声を掛けながら、これは若旦那、かなりきつい惚れようだな、とおれは思った。

「朝は朝でまた泣かせるんですよ」

小菱屋は若旦那の先に立って二階へ足をかけながらまたひとくさり。

「うちでは朝の御膳は皆で揃って戴くようにしているんですがね。袖ヶ浦は、毎朝、一度は必ず、箸を宙に浮ばせてぼーっと天井のあたりを眺めて息をとめ、それからふーっと息を吐いて、蚊の啼くようなか細い声でこうです。〝今夜は、若旦那、来てくれるかしら〟とねえ」

身振りを真似、手振りを真似、声色まで使って小菱屋は、袖ヶ浦という妓がどんなに若旦那に底惚れしているか、たいこそこのけの調子のよさで話す。旅籠の亭主にしておくのは惜しい。たいこになれば、たいこ界の前頭筆頭は楽に勤まる。

小菱屋が案内してくれたのは、長廊下の一番奥の八畳、窓は海に向って広々と大きく開き、蚊遣りの匂いに混《まじ》って、潮の香がする。

窓の手摺りに摑まって下を覗くと、海が真下まで来ていた。猪牙舟《ちょきぶね》が一隻、小波が来るたびにこつんこつん、土台石に舟首《へさき》をぶっつけている。そして、とてとてぴっちゃんとてぴっちゃん、と波が、やはり土台石を叩く音……

「それではさっそく御酒《ごしゅ》を運ばせましょう」

引っこみかかる小菱屋を、

「酒もいいが、まず、袖ヶ浦の顔を見たいなあ」

と、若旦那が引きとめた。

「袖ヶ浦はすぐ来てくれるでしょうね？」

小菱屋は手を揉《も》んで、

「それがじつは、すぐというわけにはまいりません。ちょいと隣の座敷に引っかかっておりましてねえ」

「そりゃひどいよ、御亭主！」

おれは若旦那に忠義の助け舟を出した。

「さんざ若旦那の気をそそっておいて、いますぐはだめもないものだ。なんなら、あたしが御亭主と一緒に隣へ行って、掛け合ってもいいんですよ」

小菱屋は、およしなさい、と右手を鼻ッ先で振った。

「掛け合って話の通じる相手じゃございませんよ」

いいながら、膝を寄せて小声になった。

「隣にいるのは薩摩芋。それに今夜はいやに気が立っているようで……」

そのとき、隣座敷でどっと笑声が上った。六人はいるようだ。太い、妙によく透る声が「とんかく赤鬼は太《ふと》か奴だでじゃっ」と吠えた。薩摩芋が赤鬼というのは井伊大老様のことに決まっている。尊攘志士《そんじょう》たちが飯盛女を抱きながら天下国家とかいうやつを論じているのだろう。続いて甲高い水戸訛《みとなまり》が「草野の匹夫《ひっぷ》」がどうしたの、「回天の事業」がこうしたの、「日本列島改革論」がすべったの、「玉《ぎょく》」がころんだのと、まくし立てている。水戸藩の家中も加わっているらしい。

酔っている上にひどい国訛で、話の中身は全くわからないが、小菱屋が言うように、気が昂《たか》ぶっているらしいことだけは見当がつく。妓《おんな》の声がけたたましくきゃーっといい、野太い笑い声がまたあがる。

「……お聞きの通りでして、若旦那、袖ヶ浦はそのうちに必ずこちらへ廻しますから、平にご容赦を」

小菱屋が逃げるように去り、程なく妓が二人、膳と銚子を運んで来、おれたちのそばにべたりと坐りこんだ。

袖ヶ浦は当分、来そうにないとわかると、若旦那はまるで人が変ったように陰気になり、膳の上にかぶさるようにして、ただ、ぐいぐいと酒を胃の腑に流し込むばかり。こっちがいくら馬鹿ッ話を並べ立て、馬鹿踊りで騒ぎ立て、馬鹿唄をがなり立てても一向に乗ってこなかった。

そのうちに、若旦那の鬱気《うつき》が、去年流行した虎列刺《これら》みたいにこっちにも伝染《うつ》って来て、おれもなんだか侘《わび》しい気分になってきた。妓二人も、おれたちの機嫌をとっても無駄玉と悟ったのだろう、喰いものの話なんぞに夢中になりだした。芋は煮付が一番、いや蒸したのがいっそおいしいなどと口争いしているところは、まるで子どもだ。

座持ちするのは諦めて、することなしに若旦那の肩越しに海を眺めた。風が出たのか雲の動きがいやに早い。雲が月を追い、たやすく月を追い抜いて行った。月が雲に置いてきぼりを喰うたびに、お台場の向うに黒船の姿が浮びあがる。黒船は六隻、六隻からすこし離れたところにもう一隻。

「かたまっている六隻は魯西亜のだよ。半月ばかり前に品川へ入って来たのさ」

黒船を眺めているおれに気付いた相方《あいかた》の妓が教えてくれた。

「一隻だけで浮んでいるのは亜米利加さ。ほら、例の張助《はりすけ》ってのが乗っているんだ」

「張助じゃないよ」今度はおれが教えてやった。「ハリスというんだよ」

「でも品川《ここ》じゃ張助で通っているんだ。座敷へは決して上らないけど、ときどき冷かしに来る。〝吟味ちょぼくれ！〟って声をかけると、張助は、苦い味のお菓子をくれるよ」

「吟味ちょぼくれ、じゃないんだよ、ほんとうは」

と若旦那の相方の妓が話に加わった。

「あたいは亜米利加船の船子《かこ》に馴染みがいるから、よく向うの言葉を教わるんだけどさ。〝吟味〟じゃなくて〝ギンミ〟、〝ちょぼくれ〟じゃなくて〝チョコレート〟なんだよ」

「吟味ちょぼくれでいいじゃないか、そいで話が通じればさ」おれの相方は居丈高にそういい、おれに向って、「そこへ行くと魯西亜の親玉の村屏風《むらびょうぶ》ってのは吝嗇《けち》だよ、何を言っても何もくれやしないんだから」

「村屏風じゃないぜ」とおれはおれの相方にいった。「瓦版には魯西亜提督ムラビヨフとしてあったけどね」

「村屏風でいいんだってば、それでちゃんと通じるんだから。だって奴《やっこ》さんが通るときに、そう声をかけると、村屏風は必ずあたいを振り返るんだからね」

おれはおれの相方の手を握り、

「それは言葉が通じたんじゃないんだよ。お前の色気が通じたのだよ」

と引き寄せる……

「ちょっと、桃八」

若旦那が、そのとき、にゅうっと鎌首をもたげ、

「お客そっちのけでよく臆面もなく馬鹿なことがいってられるな。それともなにかい、お前、お客のわたしを振る気かい？」

と、恐しいことをいった。

飛脚が脚気になっては走れない、駕籠かきが肩におできをこしらえてはかつげない、花魁が瘡《かさ》かきになっては客がとれない。目明しが盗ッ人《ぬすと》の手引きをしては十手取縄お取り上げ、それと同じで、たいこが客を振っては生きては行かれない。

おれはおれの相方を勢いよく突き飛ばし、

「若旦那、おっしゃることにそう毒を混ぜないでおくんなさいまし。こっちから振るなんてとんでもない、若旦那あってのこのわたし、ついて来いとおっしゃるのなら、地獄の釜の中だろうが、東夷南蛮北狄西戎《ほくてきせいじゅう》、世界の果てまでお供します」

「ふん、眉唾もいいところだ」

「誓いますよ、若旦那。この桃八めの四尺九寸金鉄の身、五臓六腑みな旦那のもので。なんでもやりますよ、逆立ち踊り、お産の真似、斬られて死んで行くお侍の断末魔の活写、酒のがぶ呑み、膳のものの暴れ喰い、なんでもやってのけますぜ」

ここで帰れといわれては一大事、第一、戻りの駕籠賃もない。てくてく歩きで吉原傍の孔雀長屋まで帰るのは夜が明ける上に、足の裏が摺り切れてしまう。おれは必死でた

いこを敲いた。

「ようし、桃八、おまえの心底《しんてい》、見届けた」

「へい、ありがとう存じます、若旦那」

「見届けたから、桃八、隣へ銚子を十本ばかり届けながら挨拶して来い」

「若旦那の代理を勤めさせていただけるんですね。これはたいした光栄で……、ところで何と挨拶してまいりましょう？」

訊きながら、ふと悪い予感がした。若旦那は左手の小指をぴんと立てて、

「勘が鈍《にぶ》いよ、察しが悪い。袖ヶ浦をいただいて参ります、という挨拶に決まっているだろう？」

そら来た。悪い予感が適中した。こういうときのために、ぜひとも命の予備がふたつみっつほしいものだ……

「なにを愚図愚図してるんだ？　そうか、やっぱり、わたしを振る気だな？」

「と、とんでもない！　行って参ります、行かせて戴きます……」

おれは両手と両膝で座敷を出た。酒に酔ったのか、腰を抜かしかけているのか、それは自分にもよくはわからなかった。おそらくその両方だったろう。相方の妓が後を追ってきて、廊下に四つン這いになっているおれの背中に手を乗せた。

「顔がまッ蒼だよ、大丈夫かい？　階段の横手に憚《はばか》りがあるよ」

「……憚りながら、まだそこまでは取り乱しちゃいないよ」

妓の前ではいいところを見せたい、恰好をつけたい、そんな気がまだ心の何処《どこ》かに残っていたらしく、おれは下手な駄洒落で、空元気《からげんき》を装った。

「すまないが、帳場へ、銚子を数十本、薩摩芋座敷に持ってくるように、言って来てくれないか」

妓が階段の下へ消えたのを見届けてから、おれは四つン這いのまま、隣座敷へ入り込み、畳に額を押しつけ、上目を使って座敷の様子を窺う。銚子を枕に高鼾《たかいびき》がひとり、茶漬を掻っ込んでいるのがひとり、刀を肩に居眠りしているのがひとり、詩を低吟しているのがひとり、それに合せて舞っているのがひとり、これで五人。床の間を背負ったあばた面《づら》の侍が妓の裾へ手を入れて何を探しているのか、中をごそごそ掻き廻しながら、舞いを眺めている。どうやらこのあばた面が一座の主らしい。妓たちは欠伸《あくび》嚙み嚙み舞いを眺めている……

と、低吟の声がふっとやんで、刀を持ち直す音がした。

「そこにいるのは誰だ？　ここの番頭か、下男か？」

おれは顔をあげ、一座を見廻し、その間に六回もお愛想笑いをし、再び額を畳にこすりつけ、

「御清遊の妨げをいたしましてまことに申し訳ございません。隣座敷にわたくしめの主

人が居るのでございますが、その主人が、袖振り合うも他生の縁、隣合うのもなにかの縁、まして、皆様は私利私慾をなげうって、日夜、国事にいそしまれる大事の士、いわば日本の宝、そこで、たいそう不躾《ぶしつ》けではございますが、お銚子数十本、帳場にいいつけ届けさせます故、ぜひ呑んでやってほしい、とこう申しております」

舞っていた侍は江戸詰が長いらしく、かなり慥《たし》かな江戸弁で、

「ほう、それはすまんな。よかろう、志、有難く受けると主人に伝えてくれ」

「お受けいただけますか！　主人もきっと喜びます。ところで、じつはお願いがございますが……」

江戸弁侍の目が鋭くなった。

「ただで銚子をくれるとはどうも調子がよすぎると思ったわ」

銚子と調子、月並みな語呂合せだが、おれはそこにつけこんで、

「ひゃァおそれいります、只今の洒落日本一！」

「愚か者めが！　武士が洒落などもてあそぶと思っているのか、たまたま語呂が合っただけじゃ」

「そのたまたまがなんとも凄い！」

「いいから、その願いの筋とやらを早く申せ！」

乾いて引きつる喉に、おれは生唾ひとつのみこんで、

「……こちらに、袖ヶ浦さんはおいでで？」

床の間を背負った侍に裾の中を掻き廻されていた妓が、大儀そうに首を捻っておれを見た。

「袖ヶ浦はあたしだよ……」

全体に細造りだが、何処かにばねでも仕掛けてありそうな勁《つよ》さがあって、きっと床が上手だろう。眼元が涼しくて眼尻に色気が滲《にじ》んでいる。侍が二本差す鯵切《あじきり》包丁も人を殺すが、袖ヶ浦の眼だって立派な人殺しの道具だ。この眼でこれまで十人がとこ、男を駄目にしてるな。江戸の遊里の総元締吉原へ出しても売れるだろう。

おれは江戸弁侍に改めて頭を下げて、

「袖ヶ浦さんを、一寸、拝借できませんか？」と頼みこんだ。「ほんの一目だけでよろしいんで」

袖ヶ浦が床の間を背負った侍の手を払いのけて坐り直した。

「あたしに逢いたいって客は、まさか鰯屋の若旦那じゃあないだろうね？」

「そうなんでございますよ、袖ヶ浦さん、その若旦那が見えていらっしゃるんで……」

まあ、うれしい。叫んで袖ヶ浦は中腰になり、左手を立てて床の間侍を拝むと、ばたばたばたん、駈け出しかける。その袖ヶ浦の裾を、床の間侍が大刀の鐺《こじり》でとんと押えたから、弾みを喰らって妓はずでんどう。倒れてもがく袖ヶ浦の腰の上に、床の間侍ざっくと片足をかけ、上からおれをじろーりと睨みおろした。

動きがすべて極まっている、芝居の立廻りでも見るようだった。

「袖ヶ浦が欲しいなら、なぜ最初からそういわんのか」床の間侍が甲高い水戸訛で怒鳴った。

「銚子などで武士を籠絡《ろうらく》しようとは笑止千万」

おれなら「銚子千万」というところなんだがなあ、とがたがた胴震いしながら下らぬことを考えているのが、われながらおかしい。

「ほほう、町人、笑っておるな」

床の間侍が刀の柄《つか》に手をかけた。

「首が飛んでも笑えるか。もしも笑えたら賞めてやる！」

首が飛んでしまってからでは、いくら賞めてもらっても嬉しくはない。

「あたしはたいこ。たいこは人間じゃございません。犬か猫か、あるいはそれ以下の小鳥、もしくは秋の虫。遊里の客の慰み者の笑い袋。虫を斬ってはお刀が汚れます。何卒ご勘弁を」

命乞いもたいこ風に、懸命に詫びをいった。

低吟侍のとりなしもあって、おれはようやっとのことで、元の座敷に戻ることができたが、戻って気がつくと、躰が脂と冷汗でべっとり濡れていた。

若旦那が銚子を差し出し「まあ、一杯のめ」といった。

盃を出すと、銚子と盃が触れ合って、カチカチカチカチと南蛮時計のように音を立てた。おれは左手で右の手首をしっかりと摑み、震えをとめた。が、それでもまだカチカチカチ、若旦那も震えていたのだ。家来の不出来は主人の責任、たいこの不始末は客の責任、下手をすれば主従を重ねておいてずんばらりん、若旦那が震えているのは理窟にちゃんと合っている。

「みっともない、みっともない、桃八、お前、随分みっともない謝まり方をしてくれたものだ。江戸ッ子が虫にまでなり下るとは情けないねえ」

若旦那は震えながら、強がっている。

「ああ、首が飛んでも笑ってみせましょう。首どころか、たとえこの身が三枚におろされ、切り刻まれて塩辛にされても、大きな声で笑ってみせましょう。ぐらい言えなかったのかい」

そんな器用な真似が出来るぐらいなら、たいこなんぞやっているもんか。奇術の見世物にでて天下を湧かせておりますよ。心の中で口答えをしながら、おれは酒を飲んだ。品川の酒はいやに苦い味がした。若旦那も黙りこくって妓に注がせては飲み、飲んでは注がせる。

妓たちは手持無沙汰で白け顔。こっちの座敷が静まり返ったので、隣座敷の会話《やりとり》が聞えてくる。

「……町人や百姓どもは忠孝の大義を知らぬ故、まったく始末におえぬ」

聞えよがしの床の間侍の声。

「夷狄の輩《やから》が利をもって誘えば、連中は必ず夷狄に加担し、武士に楯をつき、わが神国を夷狄に売り渡すだろう。町人百姓連中が夷狄と野合を果す前に、まず、夷狄を打ちこわさねばならぬ。手はじめに魯西亜提督ムラビヨフを斬ろうではないか」

「さあて、それはどんなもんかのう」

太いよく透る声の低吟侍はあまり気乗りしていないようである。

「単純な排外行為は小乗じゃ。富国強兵こそ大乗の百年の計……」

若旦那はもうだいぶ酔ってしまって、

「なにをいってやがる、水戸ッぽと薩摩芋の煮付め。血のめぐりの悪い公卿《くげ》なんぞを担ぎだしやがって、二言目には将軍様の悪口だ」

と、おっかなびっくり及び腰の高張声、鰯屋の跡取りとしてはふさわしくない言葉遣いと語気になっている。

「桃八、侍なんて手合いは、口と肚《はら》がまるで掛け違っているから気を付けろよ。鰯屋《うち》じゃ水あたりの特効薬として貝入りの砂糖を扱っているからすこしはくわしいんだが、江戸で出廻っている砂糖の半分以上は薩摩藩から来る。それでいいかい、連中の阿漕《あこぎ》なこといったら、そりゃもう恐れ入るほどだ。まず、量目はごまかす、不作の噂をばらまいて出荷を押え、相場をつり上げる、その実、大へんな豊作なんだがね、それを知らねェからこっちは高い相場であわてて買いに廻る、で、結局は相場が下って大損よ。砂糖問屋で首をくったものの数は知れないぜ。薩摩でとれるものは、薩摩芋に砂糖とみな甘いものばかりだが、人間だけは辛いや、こすっ辛い」

そのとき、相方の妓たちが、廊下の方を見て、ひいっ、と叫びにならぬ叫び声をあげてそれでも足らずに息までのんだ。はてな、と思って首をねじると、いつの間に来ていたのだろう、隣座敷のお侍たちが仁王様のようにぬっと立っていた。浅草の仁王様も怖い顔をしているが、それ以上の物凄さだ。江戸の悪口が知らないうちに薩摩まで筒抜けになっていたのだから世間は狭い。

さっき、仲裁役を買って出てくれた低吟侍がこんどは急先鋒。

「命は取らぬが、手一本か足一本ぐらいは申し受けるぞ」

おれは若旦那を見ていた。若旦那もおれを見ていた。若旦那の目が「三十六計……」としばたたいた。そこでこっちも「……逃げるに如かず」とまたたき返した。

「お待たせしてすみません」

廊下で小菱屋の声がした。

「いっときに客が立てこんで思わず手間取りましてねえ。お侍さま、鰯屋の若旦那から御酒の差入れで……つまりいうなら佐幕から勤王方への引出物。今夜はひとつ国事抜きで、気分よく酔ってくださいまし」

小菱屋の飛入りで、背後の、殺気みたいなものがふっとゆるんだようだった。若旦那の目も「桃八、逃げるなら今だ」といっていた。

火事と喧嘩と間男の、この三つの江戸名物とはいつもつきあっているし、三つとも逃げ足がものをいう。逃げには自信があった。そこで若旦那とおれは、いきなり箸で茶碗を叩き、ありったけの大声を振り絞って流行の戯《ざ》れ唄《うた》をがなり立てた。

好きなお方の来るときは
大門前《おおもんまえ》から　下駄の音……

お侍たちはおれたちが狂ったのかと思ったのだろう、毒気を抜かれ、呆気《あっけ》にとられて見ていた。そこで若旦那とおれは手を踊らせながら立ち上り、お侍たちに満遍なく世辞と愛敬をふりまき、座敷の中を踊り歩く。

……いやなお方の来るときは
三日も前から　熱が出る

うまく行ったらしい、とおれは思った。斬りかかって来たらすぐに飛び出そう、となるべく窓の近くで踊るようにしていたのだが、その気配はない。若旦那が踊り終ったとき小声でおれにいった。

「うまく納まったようだが、どう思うね？」

「そりゃもう、若旦那、あたしがお侍なら、ばかばかしくって斬る気が失《う》せます」

「一件落着かね？」

「だと、祝着至極なんですがねえ……」

いいながら、おそるおそるお侍たちを振り返ると、低吟侍が、ぎらり刀を抜き終えたところだった。あわてふためいて、窓の外へ飛び出したが、……生憎《あいにく》、下は海だった。

しばらくの間は、猪牙舟の蔭に身を潜めてじっとしていた。波の上に叩き落ちるとき、左手をしたたか猪牙にぶっつけたが、手足を斬り落されることを思えば痛くも痒《かゆ》くもありはしない。お侍たちは窓から首をのばし、海面のあちこちに目を配っていたが、やがて諦めたのか、座敷に戻ってまた酒になったようだ。

程なく裏口の戸が開《あ》いた。

「若旦那……！　若旦那……！」

と、袖ヶ浦が押えた声で呼んでいる。若旦那とおれは水音を殺しながらそっと裏口の下まで行った。

袖ヶ浦は徳利とかさばった風呂敷包みを下ろして寄越す。受け取りながら若旦那、

「なんだい、これは？……」

「お酒にお猪口《ちよこ》に肴に浴衣……。お侍さんたちがまた腰を据えて飲み始めたんだよ」

「くそ、あの芋侍どもめ！」

「いまごろ意気張ったって手遅れさ。空威張りするからこういう破目になるんだよ。できるだけ早く神輿《みこし》をあげさせるようにするから、それまで猪牙でつないどいておくれ」

「猪牙に揺られながら月見の宴か。それもひと趣向だな。袖ヶ浦、気がきくぜ」

「いよッ、世話女房の日本一！」

おれが半畳を入れると、袖ヶ浦は叩《ぶ》つ真似をして、

「馬鹿だね、二階へ聞えるよ。あのね、桃八さん、あんまり沖へ舟を出しちゃだめだよ」

「そりゃまたなぜで？」

「猪牙はもともと川船、海にゃ位負けするんだよ。それに、いやな空模様だからさ」

「天文方ならいざ知らず、そんなことがわかりますかね？」

「あたしは品川《ここ》で生《と》れた人間だよ」

袖ヶ浦はそういって中へ消えたが、その素足の白さがしばらく瞼の裏に貼りついたように残った。

静かに艪《ろ》をこいで沖へ向った。第三お台場の横を抜けて魯西亜の黒船の下を通る。月が雲間から出た。

黒船の後尾に白地に水色の斜め十文字の魯西亜の国旗がはためいている。旗は魚のよ

うに夜空を泳いでいた。また風が出てきたようだ……

　この間《かん》、若旦那はずんずん小さくなって行く小菱屋の二階座敷に向って、やい、薩摩芋、そのまま蒸して喰ってやろか、それとも煮付けて食べてやろか、きざんで麦飯にまぜようか、蒸してつぶして里芋と混ぜりゃかい餅一丁出来上り、黄粉つければなおいしかろ、などと声かぎりに悪態をつく。

「これーっ！　そこの小舟、停まれ！」

　彼方《かなた》で塩辛声がして、強盗提燈《がんどうぢょうちん》の光が海面を滑って来た。外国奉行配下のお目付船だ。お目付船はごく近くまで寄って来、しばらく、おれたち二人を提燈の光で撫でまわしてお改め。塩辛声が、「どこへ行く？」と訊いた。

　若旦那は徳利を高々と差し上げ、提燈に向けて大きく振って見せた。

「お江戸の海のど真ン中で、男ふたり差しつ差されつ、しみじみ酒に酔おうと思いまして」

　提燈のあかりが去りかけて、すぐ、戻ってきた。まだ、すっきり得心できないでいるらしい。若旦那がふとなにか思いついて、袂を探り、小さな紙袋をとり出した。

　それは、鰯屋特製の「鰯丸《いわしがん》」という水あたり、食あたりの高貴薬、朝鮮人参の粉末を砂糖でくるんだ小粒が十粒ほど貝の中に入っている。若旦那はその紙袋をぽいとお目付船に放り込んだ。

「お役人様、鰯丸を御存知でしょう？　よろしかったら差しあげます。まだ三袋ほど持っていますから。ついさっき、海に落ちてしまったので濡れていますが、貝の中までは水が滲みこんでいないと思いますよ」

「それで……この鰯丸がどうかしたのか？」

「わたしが、その鰯丸の発売元、本丁薬種問屋鰯屋の息子の清之助です。上にドラの二文字のつく息子かも知れませんがね」

提燈のあかりが、若旦那からおれへずれた。

「……それから艪につかまっているのが吉原のたいこ桃八。じつはね、たったいま、品川の小菱屋で薩摩のお侍と派手に揉めましてね、あんな連中と同じ屋根の下で酒に酔っては江戸者の名がすたるというので、ここまで出張《でば》ってきたんですよ……」

お目付船は若旦那の話をおしまいまで聞かずに向きを変え強盗提燈を伏せ、魯西亜黒船の向う側へ廻って見えなくなってしまった。

「なんだい、あの木ッ端《こぱ》役人め、一袋金二朱也の高い薬を礼ひとついわずに持っていってしまいやがった。今夜、出っくわすのはひとり残らず碌でもない野郎ばっかりだ」

若旦那はまた日本橋辺の大店《おおだな》の跡取りとしてはふさわしからざる口調に戻った。

しばらく艪をこいでいると、波にうねりが出てきた。

「どうも気に入らない雲行きになってきましたよ。若旦那、戻った方がよくありませんかね？」

「うるさいぞ、桃八。せっかくの気分をこわしてくれるな」

若旦那はかなり呂律《ろれつ》が廻らなくなってきている。盃を出す手つきも怪しく覚束ない。

「それにしても、結構な夜景じゃないか」

若旦那は岸を順ぐりに指《さ》しながら、

「桃八よ、あれが品川の灯だ。その右手が芝浦で、それから、築地で、深川で、浦安で、船橋で、幕張《まくはり》で……あれあれ」

躰をよじっているうちに、廻しきれなくなり、舟底にひっくりかえってしまった。起き上るのも面倒だと見え、空を睨んだまま、

「おれたちは、江戸房総《ぼうそう》の灯の輪のど真ン中にいる。つまり、天下の中心に鎮座する征夷大将軍といったところだ。天下を取ったらきっとこんな気分がするんだろうな」

若旦那には無断で、おれは舟首を品川の方に向けた。風が西になったり、東になったりする。ずいぶん暗いのに、海面がつつつつと白く変るのがわかる。風で波頭がしぶいているのだ。

ふと風が止む。するとどういう仕掛けになっているのか、びっくりするほど近くで三味《しゃみ》の音《ね》がする。

「おや、どなたか知りませんが御精が出ますね。桃八さん、いまの三味線は品川ですか、

深川ですか」

若旦那が馬鹿丁寧に喋るときはもう沈没間近だ。三味の音を追っかけて、南蛮ちゃるめらの音がした。数呼吸置いて諸々方々の時の鐘。

「黒船さんの消灯ちゃるめらですね。するといまの鐘は四ツですよ。鐘は上野か浅草か。それとも本所の入江町、さもなきゃ芝の切通し、でなきゃァ四谷の天竜寺、はたまた市ヶ谷八幡か……」

大粒の雨が上から、風が横から、そして、波が下から、猪牙に殴りかかってきた。

「おっとっとっと、桃八さん、気をつけて漕いで下さいよ。……しぶきで濡れるぐらいなら、わたしゃ袖ヶ浦と、いっそ、濡れたいね……ツンテンツトシャン」

「若旦那ッ！　歌なんぞ唸っているときじゃありませんぜ！　大時化《おおしけ》ですよッ！」

若旦那は仰天して飛び起きたが、まうしろから黒船ほどもあろうかと思われる大波がぐぐぐぐと舟めがけて突っ走ってくるのを見て叫んだ。

「桃八、あの波、なんとかならないかいッ⁉」

「いくら万屋《よろずや》のたいこでも波の始末までは手が回りませんよッ！」

大波と舟との間の水が恐しいほどの早さで引き、海面が紀尾井坂よりも急な坂になった。舟はその坂を一気に滑り降り、大波の根元に突っ込んで行く。若旦那とおれは船縁《ふなべり》にしがみつき、大波が崩れ落ちるのを待った。

夕煙

　時化がおさまったのは夜明け前である。攻め込んでくるときも早かったが、退くときはもっと素早かった。まるで兵法の大家か剣術の名人みたいな時化だった。

江戸の海のどのあたりをただよっているのか、しばらくの間、見当がつかなかったが、左手に見えがくれしていた陸地の背後から陽が昇りはじめたので、その方角が東だとわかった。

「すると、いま陽が昇った方の陸地が房総ってことになるかね」

猪牙舟は死んだ魚のように腹を上にしてひっくりかえっている。その舟底に腹這いになって肩で息をついていた若旦那がそういった。

「若旦那のおっしゃる通り東の陸地は房総でしょう。真正面の山はたぶん鋸山《のこぎりやま》ですよ。あれはおとっしだったかな、万八師匠の尻にぶら下って、城ヶ島見物のお供をしたことがあるんですがね、その帰り道、剣崎《つるぎざき》に寄ったとき、万八師匠が向いの房総を指して

〝鋸の歯並みのようなのが房総名所の鋸山だ〟と教えてくれました。それで見覚えがあるんです」

おれも若旦那と同じ恰好だ。舟の腹にこっちの腹をくっつけている。若旦那はひどく情けない声でいった。

「そんならもうここらへんはお江戸の海じゃないんだな、つまり、浦賀水道のど真ン中、もうちょっと流されりゃあ相模灘だ。あたしはせいぜい、東は木更津、西は横浜本牧《ほんもく》ぐらいのところまで流されたかしら、なぁんて軽く考えていたけれど、こりゃあ、日本一の当て外れだったよ」

「でも、いいじゃありませんか、若旦那。わたしは二度と生きてお天道様が拝めるとは思ってもいませんでした」

これは本音だ。何度、ああ、これで最後だ、と観念したかしれない。最初の大波が去ってから次の大波がやってくるまでのわずかの間を生かして、帯や縄で躰を縛り、もう片方の端を舟の横木にしっかりとくくりつけておいたのがあとで救いの命綱になった。横木猪牙がひっくり返る場合も考えて、綱に充分遊びをくれておいたのもよかった。横木に直接に躰をくくりつけでもしていたら、舟が上下入れかわって逆様《さかさま》になったとき、当然躰は海中に潜り、藻掻《もが》き死にをするのがオチだったろう。たいこの機転もたまには役に立つものだ。あとはもうただただ運を天に委せ、仏さまの御名《みな》を称えていただけだが、この俄信心に効験があったかどうかはわからない。なにしろ最初のうちは「南無阿弥陀《なむあみだ》仏《ぶつ》」と真面目に唱えていたものの、後になってからは「南無雨陀仏」などと洒落ていたのだから……

命の瀬戸際に、仏の御名を洒落の材料にするとはもったいないことだが、やはりたいこがおれの天職なのだろうか。

頭の上で軽い羽音がした。横目で睨《ね》め上げると、羽音の主は小蝿だった。浦賀水道のまんなかで小蝿に出っくわすとは思わなかったから、若旦那もおれもしばらく小蝿を目で追い廻した。やがて小蝿は舟腹の端にとまった。若旦那が優しい目になって小蝿にいった。

「おい、小蝿、おまえは元気でいいな」

むろん、小蝿が答えるわけはない。若旦那がまた訊いた。

「おまえ、どこからきたんだい？」

おれは小蝿に台詞《せりふ》をつけてやることにした。

「……剣崎からでございます」

「それで、どこへ行くんだ？」

「鋸山へまいります」

「立ち入ったことを聞くようだが、なにしに鋸山へ行く？」

「かかさんさがしにまいります」

「で、かかさんの名は？」

「アーイ……」

思わず熱が入って、おれは舟腹を叩きながら調子をつけた。小蝿は驚いて舞い上り、きっと蝿芝居に呆れたのだろう、油を売るのはやめて、剣崎の方角へ真っ直ぐに引っ返していった。

「ひょっとしたら、やつはあたしたちより偉いんじゃないかねえ」

と、若旦那が羨しがった。おれは舟腹に頬を押し付けて聞き役に廻る。

「このまま行くと、こっちは鱶《ふか》の餌食か干っからびるか、どっちかだ。運よくどっかの島に流れついても、そこが蛮族の棲《す》み家《か》だったらどうなる？　尻の穴から口の穴へ青竹を突っ通されて蒲焼になるのがオチさ。そこへ行くとあの小蝿には羽根という自力でもって……」

若旦那の声が立ち消えになった。その気配におれは顔を上げた。

「桃八、船だぜ」

若旦那の指の向うに白帆があった。帆布の継ぎ目継ぎ目にわざと風の逃げる隙間を拵《こしら》えた松右衛門帆だ。若旦那とおれは大声で継いだ帆布の数をかぞえた。

「若旦那、三十五反の千石船ですよ」

若旦那は尖った顎をおれの方に突き出し、

「ひとつ、あの船の連中に人命救助の善行をさせてやろうじゃないか」

といった。

「桃八、早く善行の種がここに落ちているぞと教えてやれ」

つまりこれは、助けてくれと早く叫べ、ということなのだ。おれは声を嗄《か》らして助けを求めた。若旦那は顎に手を添え、南の空を眺めながら、

「それにしても、可哀相なのは蛮族の輩さ。蒲焼の材料を手に入れ損ねたな」

と意気がっている……

船が近づいて来た。船首近くに立ってこっちを見下ろしていた船子が、すれちがいざま、太い綱を投げた。綱には一尺余りの間隔で瘤《こぶ》が拵えてある。まず、若旦那が綱に取ッ付く。続いておれが貼《は》ッ付く。綱は揺れる。ときどき若旦那が足を滑らせて、こっちの頭を蹴っとばす。下手に避《よ》けると若旦那が海へ落ちてしまいそうだ。で、おれはむしろ努めて若旦那の足の下に頭を持っていくようにした。

「桃八、実の親さえ足蹴《あしげ》にしたことのない頭に足をかけては勿体ない、代りに、肩を貸しとくれ」

若旦那がそういってくれたので途中から肩を使わせてあげたが、これがなかなか力の要る仕事で、たいこもち変じてちからもちといったところだった。

船縁《ふなべり》に手が届いたときは嬉しかった。この船縁が彼岸と此岸の境目と力をふりしぼったが、力はどうやら在庫切れで、これはやはり駄目かしらん、と弱気になった拍子に手が船縁からずり落ちそうになった。

船子の一人がとっさに腕を伸ばしておれの手首を摑んでくれなかったら、そうして、ひと足早く助かった若旦那が「桃八！　先に死ぬのは狡《ずる》いよッ！」と声をかけてくれなかったら、おれはどうなっていたかわからない。

船子の腕と若旦那の言葉に必死で縋《すが》って、どうやらこうやらおれは船縁の内側のかっぱ板の上に転げ込むことができた。

船子のほとんどが褌姿《ふんどしすがた》だった。こっちも、どこで波にさらわれたか、自分から脱いだか、ご同様な下帯姿だからこれはおあいこだ。

もっともひとりだけ丈の短い襦袢を肩脱ぎにしている男がいる。四十はたしかに越しているが、肌のつやはつやつやとしていて、若い船子に負けていない。筋肉は、海の男に似つかわしく躰中を波打って、胸は大波腕小波、両肩にはとりわけ高く盛り上り、それはもう筋肉というより鉄球といった方がいい。陽を浴びて、てろっと光っていた。そのところだけ上手に切り取れば、品川お台場備付の大砲の弾丸《たま》にも使えそうだ。

この人が船頭かも知れない――。そんなことを考えながら、おれは暴れまわる心臓をなだめなだめしていた。

その間《かん》、十人ばかりの船子たちは、ひとことの口もきかずに、煙管を咥《くわ》え、瓜を喰い、腕を組み、しゃがみこみ、柱に凭《もた》れ、ひげを撫で、頭を掻き、片膝つき、ぼーッと突っ立ち、十人十色の恰好で若旦那とおれを見ている。

そのうちに若旦那はおれの後《うしろ》にすーッと隠れ、背中を指でこんと突いた。話の口火をはやく切れ、と謎をかけているのだ。

なにしろ若旦那は、おれが厠《かわや》の匂いを嗅いで育ったとすれば、人に焚かせた伽羅《きゃら》につつまれて育ったほう、おれが目脂《めや》鼻糞《に》を自分の手でこすり弾き飛ばして大きくなったとすれば、そういうものは人にとらせ大きくなったほう、おれが近所の小娘を手前の才覚でものにして男になったとすれば、歴とした花魁《おいらん》か芸者の手引で男になったほう、どっちがいいのか悪いのかは別の話としても、いざというときには人手や手引が要る人なのだ。

胸の動悸がすこしもおさまらないから、喋るのは辛かったが、若旦那を本丁へお届けするまでは、どこも座敷だと、たいこ魂を励まして、襦袢の男の前へ半歩ばかり出た。

「……船頭さんでございましょうか？」

果して、男は頷いて、

「ああ、そうじゃ。栄蔵というが……」

羽前か羽後か陸中かわからないが、口調に粘《ねば》りがあり、言葉に訛《なまり》がある。おれは何度も躰を折って助けてもらった礼を述べ、若旦那とおれの名前をいった。

「礼をいうには当らねえ。どこの船が通りかかろうが、お前がたを助けたろうからね」

わしら船の者の間には、船かげ三里、人かげ千里、という言葉があってな、と栄蔵がいった。三里以内にいる船は互いに助け合わねばならぬし、千里以内、というのはもののたとえだが、たとえどんな遠くであろうとどこであろうと、溺れかけている人がいれば行って助けてやらなくてはならん――。

若旦那がおれの前に出た。

「でも、栄蔵さん、二つとない命を二つも救っていただいたんです。このままでは、こちらの気がすみません」

人見知りもはげしいが、一旦、糸口がつくと、若旦那ほど人なつこくなるのも珍しい。もう栄蔵の手を握っている。

「この船を、久里浜、浦賀、大津、横須賀、品川、どこでもいいから着けて下さいよ。港の抱女郎《だき》や抱芸者《だき》を総揚げして遊びましょう。言うまでもありませんが、お金の心配はこれっぽっちもなさいませんように。使いを出して本丁から千両箱を持ってこさせますから」

船子たちがどっと笑った。喜んでいる笑いではない。どちらかといえば、すこし嘲《あざけ》っているような響きがあった。若旦那はすこしむっとなった。

「嘘じゃありません。親父はきっと千両箱を届けてくれます。跡取り息子の命を千両箱ひとつで買い戻したと思えば安いものですよ」

といい、急におれを振り返った。

「そうだよ、桃八、吉原がいい。この船、品川へ着けてもらおうじゃないか！」

商売道具の扇子も行方不明だから、おでこをぽん！　と叩くことが出来ない。それにくたびれているし、下帯ひとつの丸裸では気合いが入らないしで三拍子揃って欠けていたから、声を掛けるきっかけさえも逃してしまった。若旦那は口をへの字にしておれを睨みつけた。

「……清之助さんとおっしゃったかな」

栄蔵が若旦那とおれの間に割り込んで、

「この船は吉原へも品川へも戻れんのう。これから日本を東廻り、秋田へ行くところだからね」

と、おそろしいことをいった。

「途中、釜石に鮫《さめ》（八戸）に青森、この三カ港に寄って荷を下ろすから、そのときに、好きな港に降りなさるがいい」

若旦那もおれもはじめのうちはかつがれているのかと思った。しかし、栄蔵にそれらしい素振りはない。

「そうだな、考えてみると、釜石から江戸へ戻る道のりと、秋田から江戸へ帰る道のりも似たり寄ったりだ。秋田は佐竹様の御城下、釜石よりはずっと賑やかで清之助さんや桃八さんのようなお若い方の肌には合うかもしれんのう」

船子の中から「秋田の娘ッ子はええぞう」という声がした。すると右の方から「美人ぞろいだからのう」、左から「色白で餅肌だからのう」、真ン中から「第一、情がこまやかだものな」。船子たちは、それから、互いに相槌《あいづち》を打ち合い、自分たちの帰りを待っている女たちのことをあれこれ話し合いながら、それぞれの持場へ散っていった。

かっぱ板に残ったのは栄蔵ひとりである。若旦那は江戸前の海の方角を眺めて、

「目の前に江戸があるというのにその江戸へは帰れずに、すくなくとも釜石までは行かなくちゃならないなんてのは、これはきびしい洒落だね、桃八」

おれはすっかり腹を立てていた。

「きびしすぎて洒落にもなにもなりませんよ。栄蔵さん、とにかく戻して下さいよ」

「それはできない」

栄蔵は鰾膠《にべ》もしゃしゃりもない。

「なぜです?」

おれはまた突っ込んだ。

「わしらは、今日で十三日も、浦賀で足どめをくらっていた。というのも、南風が吹い

てくれなかったからだがね。ところが、昨夜の時化で風向きが変った。……夏の時化のあとはよく南風が吹くものなんだよ」

「なにも今日でなくっても……明日じゃだめなんですかねえ？」

なおもおれは喰い下った。栄蔵は激しく首を横に振って、

「船の者にとって、その日はその日の風だけが頼りでな。明日はまた明日の風だ。どっちから吹いてくるのかだれにもわからん。八月の末になると津軽海峡は荒れてくる。その前にどうしても秋田へ着いていたい。積荷の届け期限もだいぶさし迫っているし……、まあ、戻れない訳は山ほどある」

「ですけれどもねえ……お話はわかりますけども、旅に出かけるとなればいろいろと用意もありますしさ、さあて弱っちまったな。……わたしたちはやはり、このままどんなことがあっても、その釜石とかいう化物の出そうな怪しい処まで行かなくちゃならないんですかねえ」

「いい加減にしろよ、桃八。江戸者にしちゃァ往生際が悪いぜ」

おれは驚いて、若旦那の顔を見た。

「まさか！　まさか若旦那、あなた本気で釜石くんだりまでのこのこと……」

「のこのこだろうがとぼとぼだろうが、他に方途がなきゃァ仕様がないだろう。それでも江戸へ帰りたきゃ泳いで帰れ」

若旦那はかっぱ板の上に四、五枚重ねて積んである板切れを長い顎で指す。

「船頭に頼んでその板もらってやるよ」

おれは泣きたくなってきた。

「そりゃあ悪い冗談だ。陸地まで二里はたっぷりある。いくら板に摑まって泳いでも、途中であえなく御臨終ですよ」

「じゃあがたがたいうな、じたばたするな。……なあ、桃八、わたしはかえっておもしろいと思っているんだよ」

「なにがおもしろいんです？　あたしゃちっともおもしろくないね。品川じゃ斬られそうになって二階から落っこちるし、沖で酒を呑もうと思えばあべこべに時化に呑み込まれるし、あげくの果てに降ってわいたような奥羽行き、なんだか、たて続けに悪い夢を見てうなされているようで……」

「そこだよ、桃八。たった一日でこれだけいろんな事に出っくわしたんだ、このまま風まかせ波まかせ気まかせで、釜石だろうが地の涯《はて》だろうがどこだろうが、行けるところまで行ってみようじゃないか。他人様にくらべりゃ十層倍二十層倍のおもしろいことにぶっつかるだろうと思うぜ」

「随分とつらい難儀にもぶつかることでしょうねえ」

「そのときはそのときさ。桃八、これが本当の乗りかかった船ってやつだぜ」

また、若旦那の悪乗りがはじまった。はじめはいつも威勢がいい。こっちがあわてるぐらい思い切ったことをやる。でも、中ごろでその威勢はぺっしゃんこ、おしまいはこのおれが勘定書を貰う破目になる。

「栄蔵さん、桃八がごたごたいってすみません。ひとつ、その釜石ってところへ連れって下さいな。あいにく丸裸で船賃も出せませんが、来年、日本橋の本丁へ寄ってくださいよ、そのときに御恩は何層倍にしてもお返しします。釜石から江戸へ、この秋までに帰っているつもりですからさ」

栄蔵は頷いた。

すこし風が出てきたようだ。ちょうど、浦賀水道を抜けたところらしく右手に相模灘が大きく展《ひら》けて行く。そして、その向うに富士の山。

船の行く手に大きな島が立ちはだかっている。若旦那とおれのために胴の間から握飯と味噌汁鍋を運んできてくれた栄蔵が、あれは大島だよ、と教えてくれた。

握飯を一粒のこらず平らげ、入っていた梅干の種をしゃぶっているうちに、前夜からの疲れがどっと出て、若旦那とおれもかっぱ板の上に転がり、慾も得もなく寝入ってしまった。

目を覚ましたときは驚いた。二人とも荒縄で縛られ、かっぱ板の上に張りめぐらされた太い命綱にくくりつけられていたのだ。

「桃八、こいつァ、つくづく悪い船に乗り合せたらしいぜ。ひょっとしたら、この船、海賊船じゃないか？　あたしの命とひきかえに、鰯屋の身代をごそっといただこうというんじゃないかしら」

「でもね、若旦那、江戸前に海賊船があらわれたなんて話を聞いたことがありませんよ」

「なんにでも始めはある。この船が江戸前海賊第一号じゃないと誰がいえる？……本拠地はどこかね？　八丈あたりかな、それとも蝦夷《えぞ》か……」

「さあねえ」

「どっちにしても、海賊の頭目にゃたいてい凄い別嬪《べっぴん》の女がいるよ。この女があたしにひそかに恋慕するね」

「しますか？」

「するね。二人は喋々喃々《ちょうちょうなんなん》の末についに手をとりあって逃げましょうよ、という寸法になる。桃八、ここでおまえの出番だ」

「そりゃどうも」

「このときのおまえさんはたいこの鑑《かがみ》となるようなじつに天晴れな働きをするよ。若旦那と女を逃すために、海賊と斬り合って討死にするのさ。そのおかげで若旦那と女は逃げ出すことができましたというところで大団円」

「いやな大団円だ」

若旦那はどうやら読物の類の読みすぎらしい。しかし、それにしてもなぜ縛られているのだろうか。それに縛り方がひどくぞんざいだ。縛られているのは胴だけで手足は自由に動く……。こんな縛り方は聞いたこともない。

「清之助さんに桃八さん、目が覚めたかね」

栄蔵がこっちへくる。若旦那がおれの躰のかげにかくれた。

「船が外海へ出たのでな、揺れも大きくなってきた。船から転げ落ちないよう、縛ってあげたんだが、よく眠れたかね？」

栄蔵が綱をほどいてくれる間に、おれは若旦那にいった。海賊だなんてとんでもない、ずいぶん親切なお人のようですよ。すると若旦那は、悪気はなかったのさ、海賊だったらおもしろかろうと思ったのだけどね、と小さく笑った。

船縁に立つと、右手は一面波ばかりである。これが外海なんだそうだ。左舷に移ると、こっちは、はるか先の先まで陸地である。

「こうやって、左手に陸地を見ながらどこまでも走れば、日本をひと廻りして、またここを通ることになるわけですか」

聞くと栄蔵は頷いて、

「日本のまわりは海だからそうなるのう。わしはこれまで二度ほどこの船でひとまわりしたことがある。まだ、船子のころだったがね」

「何年かかりましたので？」

「なんの、六カ月ほどさ。二度とも秋田を四月に西廻りで出て、九月に東廻りで秋田についたよ」

若旦那が威勢をつけていった。

「そうさ、桃八、日本なんてせまいものさ。すぐに江戸へ帰れるよ」

それを聞いて、若旦那はもう里心がついたらしい、とおれは思った。


それから、若旦那とおれは急な梯子を伝って、胴の間へ降りた。栄蔵が、今夜からの寝る場所を教えてくれるというのだ。降りたとたん、ぷんと樟脳《しょうのう》の匂いがした。胴の間には古着が山と積んである。

「江戸表へ来るときは秋田からは米、鮫や釜石からは煎海鼠《いりなまこ》や干海鼠を積み、帰りに江戸の古着を積む。これがこの船、松栄丸の仕事なんじゃ」

盛岡や鮫や秋田では江戸の古着が引っぱり凧《だこ》でな、と栄蔵はいった。胴の間の次が船子部屋だった。入った途端、カア！　と鴉《からす》の声がしたのには驚いた。声のした方で足を細引で結わえられた鴉が五羽、おれたちを睨んでいる。

「鴉なんぞどうするんです？」

「難船したときに役に立つ」

「喰ってしまうんでしょう？」

若旦那がいうと栄蔵はにが笑い。

「鴉なんか喰えたもんじゃない。難船して陸地がどっちかわからないときに放すのじゃ。鴉が帰って来たら陸地は遠い。帰って来なければ陸地は近い。それで目安をつけるわけだね」

不思議なものがもうひとつあった。天井の梁から味噌汁鍋が縄で吊り下げられているのだ。これは船が揺れても、鍋の中の汁がこぼれないための用心なのだそうだ。床には荒茣蓙《あらござ》が敷いてあった。栄蔵は鍋の斜め下あたりを指さして「その茣蓙と、その隣の茣蓙があんたたちの場所だよ」といい、

「帆船の旅は風次第だから、船頭のわしにもはっきりした事はいえないが、釜石へは十日もあれば着くだろうよ。ま、気楽におやんなさるがいい」

と付け加えて、船子部屋を出て行った。

たとえ一枚の茣蓙でも、わがものとなれば大切なものに思われる。おれは茣蓙の上に散らばっている干からびた飯粒やごみ屑を丹念にひろいながら、

「若旦那、これでひとまず落ち着きましたね。この茣蓙二まい、これがせまいながらも

楽しい我が家というわけで……」

若旦那はごろりと茣蓙の上に仰臥《あおむけ》になり、「鴉と同じ天井の下で寝起きすることになるとは思わなかった。あたしたちは前世でよほどいけないことをしたらしいね」

「贅沢いっちゃいけません、それこそ罰が当って、来世は鴉に生れつきますぜ。なあに、若旦那、釜石のずっと手前で降りられますよ。時化がくると船は手近な港に入って、日和待ちをいたします。そのとき、降ろしてもらいましょうよ。銚子沖か平方《ひらかた》の沖、でなきゃ小名浜あたりで、ぜひとも時化に恵まれたいもので。……いや、きっと時化がきますよ」

「だけどな、桃八、あたしたちは裸だよ。江戸へ帰るにしても、裸で道中なるものか」

「港へ降りて、宿屋を見つけ、そこでようく事情《わけ》を話し、江戸へ町飛脚を立ててお金が届く間、ぶらぶらしていらっしゃればいい。着物は宿で貸してくれますよ」

「あたしゃそんな先のことをいっているんじゃないよ。着物がいま欲しいのさ。さっき見た、胴の間の古着の山に、二、三度しか袖を通していないような結構な袷《あわせ》があった。まだ袷にゃ早いが、ないよりゃましだ。桃八、なんとか手に入れてくれないか」

若旦那が駄々をこねはじめた。おれは、命を無料《ただ》で救ってもらった上に、船賃も無料、その上、袷を無料で呉れなんて、江戸者は図々しいといわれます。とたしなめた。すると、若旦那はおれの下ッ腹のあたりを見て、

「誰も無料で貰ってこいといってやしないよ」

にっと白い歯を剝いた。

これにははっとした。おれの下腹、下帯で隠すようにしているから、ちょっと見たのではわからないが、素肌の上に大判の奉書紙が岩田帯よろしくしっかと巻きつけてある。この奉書紙にはおれの全身代四両弐分三朱が膠《にかわ》で貼りつけてある。若旦那はこの金で着物を手に入れてこい、と謎をかけているのだ。

奉書紙に貼った四両弐分三朱のことは、誰にも内緒にしていた筈だが、若旦那はどこでこの大事を嗅ぎつけたのだろうか。こないだ、深川へのしたとき、若旦那と二人で、辰巳芸者に裸踊りを踊って見せたことがあったが、あの晩は、こっちも珍しく深酒していたから、つい酔った余興で、また裸になったついでに、この大事な金のことを若旦那に喋ってしまったのかも知れない。

「これだけはご勘弁」

おれは若旦那に手を合せた。

「この金はお袋の遺言で、わたしの生き死にのときにだけ使うことになっておりましてね」

嘘や方便ではなく、これは本当だ。去年の秋、お袋が死んだが、死ぬ間際におれを呼び、

「たいこもちは、旦那の金で旦那と遊ぶのが商売。だから遊んでいるときは旦那からいくらせびりとってもいい。だけど、一旦、おまえが病気にでもなったら、そのむくいがくるから、今から覚悟しておおき。あいつはおれの金でさんざん遊んできたのだからいい気味だ、と見向きもされなくなる。それどころか殊更に冷たく扱われるにちがいない。……だから、おっかさんにもしものことがあったら、この家のものはなにもかも売り払って、入ったお金はそのときのためにとっておくがいいよ」

若旦那はおれの話を聞いて、大丈夫だよ、と胸を叩いた。

「昨日、一緒に越後屋の前から富士を見たあたしとおまえが、今日はどういうわけか海の上、やはり一緒にいる。これはたいへんなことだよ、よっぽど前世の因縁があるんだよ。ひょっとしたら、前の世では兄と弟だったんじゃないかしらん」

だとしたら、随分、騒々しい兄弟だったにちがいない。

「だからさ、桃八、もしもおまえが病気にでもなったら、あたしは何から何まで面倒をみてあげるよ。それでさ、桃八、おまえが労咳《ろうがい》か癌腫《がんしゅ》かなんかで、こう寝てるとするとね、まず、枕元に朝鮮人参を山と積み上げる。右側にゃ、江戸中のお医者をずらっと総揚げして並べるね。黒羽織じゃ陰気だから、おまえの紋所の桃の実を所々に散らした揃いの白羽織かなんか着せてね。で、左にゃ、吉原から三人、深川から三人、品川から三人、いずれも全盛中の女郎花魁《おいらん》を看護役で並ばせる。病気は気の病いというくらいだから、更にお陽気にいこうてんで、襖をぱーっと取り払って、庭先に舞台をしつらえて、江戸中の芸者の手古舞い。三味線は撰《え》り抜きの名手を十人ぐらい集めて盛大にジャカジャンジャカジャン。……桃八、ほかに何か注文はないかい？」

若旦那にあっちゃかなわない。おれは若旦那の衣裳代として、栄蔵に二両二朱払った。航海は幸か不幸かまるで平穏無事で、時化が来てくれれば、その分だけ江戸に近い港へ降りられるだろう、という思惑は外れた。

一日目は外房小湊沖を走った。二日目は銚子の沖合を走った。若旦那と二人で鰹釣をしたら、おもしろいように釣れた。三日目は鹿島灘を走った。鯨が三頭出た。鯨を釣ろうとして栄蔵にとめられた。

四日目は平方沖を走った。うねりが強く、一日中、船子部屋に吊してある鍋が前後左右に揺れ動き、再三再四、頭の後部に鍋がぶつかった。そこで頭にきた若旦那とおれは、鍋の前に坐り込み、揺れながらこっちへくる鍋をさっさかすいと避ける稽古をした。

それで分ったことは、船が揺れても鍋が一緒に揺れないということ、鍋が揺れるのは一呼吸おいてからなのである。この呼吸《こつ》を覚えてからは後を見ずに鮮かに身を躱《かわ》すことができるようになった。

若旦那と二人、お互いに「上手になった」「うまくなった」と賞めあっていたら、鴉がカアカア啼いた。おれには、それが「バカァ！　馬鹿ァ！」と啼いているように聞えてならなかった。

五日目、船は、一日中相馬沖で停まったままだった。そよとも風が立たなかった。船子部屋で船子たちが手慰みをはじめた。若旦那とおれは一日中、おとなしく見物した。

六日目も相馬沖。

若旦那が手慰みに加わって二両余り巻きあげられてしまった。この二両余りというのは、むろんお袋の遺産の残額全部だ。この夜、夢にお袋が現われ、怕《こわ》い顔で「お前を勘当にするよ」といって消えた。

七日目も相馬沖。

前夜の夢の話を若旦那にした。「死んでしまった親に勘当されたのは、開闢《かいびゃく》より以来、桃八が初めてじゃないかね。たいしたものだよ」と若旦那に賞められた。また、若旦那は、この日から下帯ひとつの丸裸に戻った。お袋の遺産の一部で買って差しあげた例の袷その他の衣類をかたに手慰みをし、負けてしまったからだ。これでお袋の遺した金は残らず船子たちに捲きあげられてしまったわけだ。

夜、また夢の中にお袋が現われ、しばらく悲しそうにおれを見つめていたが、何もいわずにふっと消えた。

八日目は風が出た。この日まで晴れてさえいれば、船の後方に、富士山が見えていたが、相馬沖でついに点になり、とうとう見えなくなった。

若旦那に「淋しくなりますね」といったら、若旦那は案外平気な声で「心配することはないぜ、桃八。なんでも奥筋《おくすじ》には、南部富士とか津軽富士とかいう、富士山の擬《まが》い物《もの》がたんとあるそうだから」と答えた。

「それもそうですね」とおれは相槌を打ったが、そのとき、ふと、若旦那の目尻に、涙が一粒、ぶらさがっているのを見つけた。

「やはり若旦那も、富士山なしじゃ生きられないほうじゃありませんか」といったら、若旦那は「馬鹿だね、桃公は。波のしぶきが跳ねたのさ。嘘だと思ったら舐めてみろ。塩辛いから」といい捨てて、えらい権幕で船子部屋に引っ込んだ。おれはそれを説明にならない説明だと思った。というのは、涙も波のしぶきも共に塩辛い味がするからだ。

九日目は、一日中金華山を左手に見て走った。

夕刻ごろ、遥か左前方に別の山が見えてきた。栄蔵に聞くと、早池峰山《はやちねさん》という山だとのこと。金華山も早池峰山も、漁師や船の者からたいそう信仰されている霊山だそうだ。たしかに金華山も早池峰山もなく陸地がのっぺら坊の真《ま》っ平《たいら》だったら、海に出ている者は、目印がなくて困るだろう。

十日目は陸中海岸に沿ってゆっくりと走った。絶壁ばかりが続く。夕刻、船は釜石湾沖にさしかかった。海の水の澄んだ沖合いだ。

船が釜石湾に近づくにつれ、海面の色が、桔梗《ききよう》から紺へ、紺から浅黄へ、浅黄から緑へと変って行く。

魚も目白押しに泳いでいて、まるで海全体が、大きな魚店の店先のようだ。

そうしてもうひとつ驚いたのは、近くの山々から天に向って立ち昇る何百筋、いや何千筋もの煙だ。この煙が、そのへんによくある、昇るにつれてうじゃじゃけて空を薄ねずみ色に汚《よご》してしまうような煙ではない。どこまで高く昇ろうとも決して形が崩れない。いうなら、近くの山々一帯に、何千本もの長い長い棒を立てたと同じ、その上、折からの夕日に染まって、この何千本の煙の棒が、黄金色、または蜜柑色に色変りし、とても、この世の景色とは思われない。

栄蔵の話によると、釜石鉱山から採れる鉄鉱石を溶かして鉄にするときに使う炭を焼いている煙だという。十日振りに陸の地を踏めるというのも嬉しくて、おれはうきうきしながら若旦那にいった。

「何度も色の変る綺麗な海といい、たくさんの魚といい、そして、絵のようなあの煙といい、わたしゃまるで浦島太郎のような気がしますよ。この釜石っていうところはまるで龍宮城みたいだ」

すると若旦那、顔の型が崩れないかとこっちが心配になってくるほど、にやっと相好を崩し、

「そうよ、桃八、龍宮城には乙姫御前《ごぜん》がつきものさ。ひとつ、今夜はたっぷりと乙姫様

に可愛がってもらおうじゃないか」

とぶるぶる身震いをした。

三貫島という小島があって、松栄丸はその傍に、錨を七ツ落した。船子たちが、古着を積んだ大天満舟《おおてんまぶね》を下ろし、栄蔵と七人の船子が八丁艪《ろ》で、釜石湾を突っ切った。

若旦那とおれが、尾崎という船着場に立ったとき、ちょうど暮れ六ツが響き渡った。

「桃八、いま鳴ったのは、鐘に似ているけれども、鐘じゃないよ。鐘じゃないとすればいったい、何《なん》なのか、おまえにはわかるかい？」

「わかりますとも。それがわからないで、若旦那のお供はつとまりませんや」

「いってみな」

「あれこそは、龍宮城の御開門を告げる銅鑼《どら》の音！」

「あたったよ！」

それから、若旦那とおれは、荷受主のところへ行く栄蔵の露払いを勤めながら、裸足《はだし》でぺたぺた小走りし、

「乙姫さーん、どこですかァ？　浦島太郎ちゃんでございますよォ」

「乙姫さーん、わたしは浦島の次郎ちゃんでございますよォ！」

と触れて歩いた。

海岸通りにずらりと軒を並べる旅籠や茶屋の窓から、次々に白塗りの乙姫御前たちの

顔が覗いた。御前たちはみんな目をまんまるにして、おれたちを見ている。たしかに丸裸の男が二人、聞き馴れぬ江戸弁で「乙姫さま」と呼ばわって歩くのを見れば、だれだって目をまるくするはずだ。

夕吹雪

古着の受け渡しを終えた栄蔵は、若旦那とおれを、秋田屋という旅籠へ連れて行ってやろうといった。

屋号からも察しがつくが、主人の才三郎は秋田生れの秋田育ち、長い間、栄蔵と組んで東廻りの船の賄夫《まかないふ》をやっていた男だそうだ。

「それがのう、十年ほど前だったか、時化で、戻り船のときに、この釜石で四、五日足止めをくっている間に、一膳飯屋の娘と出来合ってしまってな、そのまま、ここに腰を据えてしまったんじゃ」

いって栄蔵はくすりと思い出し笑いをした。

「いやあ、ここから秋田まで、毎日毎日の飯の不味《まず》かったことったらなかった。賄夫は途中で下ろすもんじゃねえ。船の中じゃ、飯だけが楽しみだもの」

才三郎を婿に迎えてから、その一膳飯屋は繁昌し、旅籠を持つまでになったのだが、あの才三郎なら、気もいいし、わしの元の仲間でもあるし、江戸から金が届くまで宿賃は待ってくれるだろう、と栄蔵は請け合った。

秋田屋は海岸通りの端っこに建っていた。掘ッ立て小屋に毛が生えたような、おもしろくもない造りだが、宿賃はひと月かひと月半経たないと払えない、という弱味がこっちにはある。若旦那とおれは「とんだ龍宮だ」「でも、金が届くまでの御辛抱」などと囁《ささや》き交しながら、栄蔵の尻にくっついて、秋田屋へ入った。

主《あるじ》の才三郎は、栄蔵が請け合った以上の好人物で、

「栄蔵さんの友だちなら、わたしにとっても友達と同じことですよ。一番いい部屋というわけにはいきませんし、それにお二人でひとつ部屋に泊っていただくことになりますが、次にいい部屋をお世話させていただきましょう」

と、ふたつ返事で引き受けてくれた。若旦那はぷっと吹きだし、おれの膝をちょいと抓《つね》って、

「掘ッ立て小屋同然の普請に、一番いい部屋も、その次にいい部屋もあるものかね。きっと、悪い部屋ともっと悪い部屋、というところを言い損ったんだろうよ」

と小声で悪態をついた。秋田屋が見とがめて、

「どうかしましたか？」

と聞く。おれが代りに、

「いやなに、こっちのことですよ」

と胡麻化《ごまか》し、それから少し改まった口調になって、

「秋田屋さん、宿賃まとめて後払いをお願いしたばっかりのところなのに、この上、追っかけていろいろお願いするのはすこし図太い話ですが、聞いていただけますか？」

「へえ、どうぞ、何なりと」

「まず、着物。若旦那の清之助さんには、この土地で手に入る最上等のもの一揃え。わたしのは、まあ普通ので結構……」

秋田屋は帳場へ手を伸ばして筆をとると、懐のちり紙に心覚えを書きとめる。その秋田屋へ若旦那がつけ加えていう。

「秋田屋さん、あなたも儲けてくださっていいんですよ。買入れ値段の上にごそっと儲けを上乗《うわのせ》して下さいな」

いやいやそのようなことは……と秋田屋は口の中でごにょごにょというが、思わず顔がほころびる。

「鰯屋といえば、江戸でも名の知られた大店です」

と、おれもつけ加えた。

「その鰯屋の若旦那がおっしゃっているんですから、遠慮はいりません。それから、ご近所に、目下遊んでいる若い衆がいたらお世話下さいよ。江戸まで使いに行ってもらい

たいんです。できるだけ信用のおける人を頼みますよ。江戸までの路銀も立て替えといてくださいな。若旦那、こんなところでしょうかね？」

「桃八、なによりも肝心なことが抜けているようだよ」

若旦那はそういいながら、秋田屋の方へ向き直って、

「あたしたちは孔子様のような唐《から》の聖人《ひじり》でもなきゃ、躰全体が石や金で出来ている石部金吉でもないんですよ、躰の総体にくまなく暖かい血が流れているのさ。で、この血というやつが、女を見るとざわざわ騒ぎ立てますんでね。この血騒ぎを押える手だてをお世話願いたいんですよ」

「つまりあのう、お医者さまにかかりたいとおっしゃるわけで？」

秋田屋は好人物かもしれないが、とんだ頓珍漢《とんちんかん》でもある。

「お医者じゃなくて、抱女郎《だき》さんや抱芸者衆《だき》にかかりたいのさ」

秋田屋はやっと得心がいって、

「あのう、玉代《ぎょくだい》も立て替えておけとおっしゃいますので……？」

若旦那は得々と頷き、それを見て秋田屋は悄々《しおしお》となり、さらにそれを眺めて栄蔵が呆れている。

「桃八、さしあたってのお願いというとこんなところだろうかね？」

頷きかけて、おれはもうひとつ肝心なことが抜けていることに気がついた。

「あ、そうそ、身の廻りのものを買わなくちゃいけませんので、金子《きんす》を少々拝借したいですねえ」

秋田屋は情けない声をだして、

「……といいますと、弐分ぐらいで足りますか？」

「冗談いっちゃいけません、こちら江戸日本橋は鰯屋の若旦那ですぜ」

とおれは脅しをかけておいて、

「とりあえず二、三両」

「とりあえずで二、三両⁉」

秋田屋はとうとう泣き声になった。

今夜のうちに出帆するという栄蔵を出口まで見送ってから、若旦那とおれは秋田屋に上った。

帳場の次の部屋の前を通ったとき、聞えよがしの大声で「うちのがまた厄介者を背負い込んだらしいよ」といった女がある。

目の端で窺《うかが》うと、それは三十五、六のちょっといける顔、ただし、険相がある。はは一ん、これが元の一膳飯屋の娘で、今の秋田屋の内儀《ないぎ》だな、と思いながらおれはがたぴしと軋《きし》む階段を昇った。

その夜は、秋田屋に抱芸者を二人招んだ。龍宮の乙姫様とまではとても行かない。さしずめ、乙姫様おつきの下女のお袋といったところだ。

けれども十日にわたる女断ちのすぐ後のせいか、顔の綺麗汚いはそう気にはならなかった。それどころか、女たちを喜ばせてやりたくなり、若旦那と二人で洒落をい、三味を弾き、歌をうたったが、これが芸者にちっとも受けなかったのは情けない。

ここ奥州盛岡領閉伊郡《へいのこおり》釜石湊《みなと》は江戸から隔たること陸路で二十数日、海路で十日、江戸者にとっては地の涯同様のへんぴな僻地だけれど、考え直せばここも江戸とは地続きの日本国、江戸で通用する芸が此処で通用しない筈があるか。鯱立《しゃちだ》ちしても座敷を湧かせてやろう。

そう心に決め、持っている芸を次から次へと繰り出したが、芸者はお産の物真似にちょっと乱杭歯《らんぐいば》を見せて笑っただけで一向に弾まない。どころか、おれの異様な張り切り振りを見て、かえって躰を固くする。若旦那は盃を不味《まず》そうに舐めているだけだ。

おれはとうとう精根尽きて、

「お姐《ねえ》さん方はいつも座敷で何をして遊ぶんだい？」

と訊いた。

芸者たちは袖を顔にあてがいながらもぞもぞ声で、擽《くすぐ》りっこするのが一等好きだべんたら、と答えた。此処では語尾にきまって「べんたら」がつく。それにしても、所かわればというが擽りっことはまた変ったものが好きな芸者たちだ。

「……桃八、ちょっと」

若旦那が空の盃を煽《あお》ぐようにしておれを呼び寄せた。

「これはなんか訳《わけ》ありですよ。客に擽ってもらいながら、両足持ち上げて玉を使うとか、傘をさして回すとか、なんかとっておきの凄い芸があるんだよ」

「かもしれませんね。鬼が出るか蛇《じゃ》がとび出すか、ひとつ御免蒙《こうむ》って擽らせていただきましょうか」

「うん、そうしよう」

若旦那とおれは、せえの！　の掛け声がわりに目配せして、わっと芸者の躰に取っかかり、脇の下、足の裏、ここかしこを滅多やたらに擽りあげた。芸者は裾をはだけ、足で宙を搔きながら座敷の中を転げ回り、

「ああ、コチョゴッテェ！」

「ひい、コチョゴッテェ！」

と、けたたましい声をあげた。ひとりは襖を押し倒し廊下へ転がり出したが、玉を使う気配も傘をさす様子もまるでない。と見ると、廊下に秋田屋の主人が、若い男と並んで立っていた。

秋田屋は「これはお賑やかなことで……」と愛想笑いをし、それから傍の若い男の尻を押しながら座敷へ入ってきた。

「江戸へ発《た》ってくれる若い衆が見つかりました……」

若い男が若旦那に馬鹿丁寧なお辞儀をした。

この男は釜石の小間物屋の手代で平吉といい、近いうちに小間物の仕入れに江戸へ出立することになっている、そのついでに鰯屋へ寄ってもらったらどうか、と秋田屋はいった。

平吉もなかなか如才のない男で、

「こう世の中が開けて来ますとお客様の目も肥え、盛岡仕入れの品物よりも仙台仕入れの品物のほうが余計売れ、仙台仕入れの小間物よりも江戸仕入れの小間物のほうが更にまた沢山売れます。とりわけこの釜石は、近くの大橋に反射炉が築かれましてからは人も集まり繁昌し、少々高くついても江戸仕入れの小間物を、とおっしゃるお客様が多くなりました」

聞きもしないことをわらわらと喋り立て、おしまいにこうつけ加えた。

「江戸には四、五日しか居りません。もしおよろしければ、鰯屋のお店の方をご一緒に案内しながら帰ってまいりましょう」

「そりゃァ、願ったり叶《かな》ったりだ」

若旦那はさっそく秋田屋に硯《すずり》を運ばせ、禿《ち》びた筆を舐め舐め一通の手紙を書き上げた。

「お懐しきご両親様。

おそらく品川の小菱屋の主人あたりから、この清之助が嵐に呑まれて一命を落したという注進が入っていると思います。そのときのご両親様のお嘆きの程はどんなだったでしょうか！　思うたびに涙に暮れる清之助でございます。

わたしの葬式ももうお済ましになったことでしょう。いまごろは、ご両親様も嘆きの淵から健気にもお立ち上りになり、こうなったらせめて妹の勢津《せつ》によい婿をと、そろそろお忙しい毎日をお送りはじめていらっしゃる頃と推察いたします。

中には『鰯屋さん、こう申すのはなんですが、清之助さんが海に呑まれたのは天の配剤ですよ。いくら鰯屋さんの身代が大きくとも、あの道楽者の清之助さんが跡継ぎでは、鰯屋さんは十年と保《も》つまいと思っていました』といってくる人もおそらく居ただろうと思います。そういう人たちは落胆するでしょうが、ご両親様、御安心ください！　一時はもはや清之助は生きております。清之助が品川沖で時化《しけ》に逢ったのは本当です。一時はもはやこれまでと観念し、積みに積んだ親不孝の数々は、あの世でお返しするほかはないと、思い定めました。けれども、このわたしの覚悟を、神仏も憐れと思召《おぼしめ》したか、運よく東廻りの千石船に拾われ、只今は奥州盛岡領閉伊郡釜石湊の旅籠秋田屋才三郎様方で、拾った命の養生に励んでおります。

昔の道楽者の清之助は死にました。今の清之助はやる気を起しています。暇があれば釜石の尾崎神社をはじめ近くの神社仏閣へ詣り、一日中手を合せて祈るわたしです。遊びはなぜか莫迦《ばか》らしくなりました。江戸へ帰ったら、遊里や性悪たいこなどの類《たぐい》とはすっぱり縁を切り、しかるべき商家の娘を迎えて身を固め、家業と親孝行に励むつもりです。

そこで、この書状が届き次第、お金を二、三百両、手代の誰かに持たせ、迎えに寄越してください。この書状を届けた平吉さんが釜石まで案内してくれるはずです。道々、中尊寺や塩釜神社へ詣りながら、店の忙しくなる師走の朔日《ついたち》までには江戸へ帰るつもりでおります。それではお身体大切に。　清之助」

手紙を持って平吉が帰った。若旦那はおれに盃を差し出しながらいった。

「桃八、どうだい、いまの書状は？」

「親を想う子どもの情けが程よく滲《にじ》み出ておりましたね。けれども、若旦那……」

おれは返盃し、その盃に酒を注いで、

「性悪たいことはあんまりだ。あれはわたしへのあてつけでしょ？　それに、江戸へ帰った暁にはわたしはポイとお払い箱で？」

「莫迦だよ、桃八」

と若旦那がいった。

「嘘を並べて親を喜ばすのも親孝行のうちさ。それに桃八、おまえはもうたいこじゃないよ」

「たいこじゃないとすると、笛ですか、笙《しょう》ですか、それともヒチリキで？」

「あたしたちは共に生死の境を越えた仲ですよ。おまえはあたしの友だちというか、戦友というか、身内というか、兄弟というか、あたしそのものというか……つまり、わかるだろ？」

ふと気がつくと、隣の茶屋の二階で宵の口から地元の網元親方が大騒ぎしていたが、その騒々しい声がいつの間にかやんでいる。窓に吊した簾《すだれ》の隙間からひんやりした夜風が忍び込んで来て、目の前の海の潮の香を置いて行く。

手持無沙汰をかこっていた芸者が、急に勢いづいて帯をほどきはじめた。手伝ってやろうとすると、小さく、

「あン、コチョゴッテェ……」

といった。

江戸からの迎えを待っているうちに、秋風が立ちはじめ、秋田屋の食膳には三度三度、秋刀魚《さんま》の焼物が反りかえってのって来た。

秋刀魚の匂いが鼻につきはじめた頃、食膳は烏賊《いか》一色に変った。烏賊の刺身に烏賊の

丸煮に烏賊の塩辛に烏賊の中に飯を詰めた得体の知れぬ代物。烏賊の刺身はそばのように細長く切ってあり、それに醬油をつけて啜《すす》り込むのだが、柔かくて美味《うま》かった。時々、粉海苔がふりかけてある。こうなると、烏賊の刺身というよりはざるそばだ。

そのうちに、やはりさすがに飽きがきて、

「ちょっと、ご亭主、もうすこし経つと江戸からどかーんと金が届くんだから、吝嗇《けち》しないでたまには畑のものでもくわせなさいよ」

と、若旦那が頰をふくらます。おれも尻馬に乗って、

「イカはもうイカげんにしろ!」

と洒落ていったら、秋田屋は本気にとって、あくる日は、馬鹿に大きな南瓜《かぼちゃ》の煮付を出してきた。

釜石は海のすぐそばに山が迫っていて平地がすくないし、畑もせまい、それで畑のものは仙人峠という難所を越えて遠野からくる、と秋田屋はいい、その南瓜一個の代金は抱芸者の代と同じなんですから、とつけ加えた。そういえば、最初の晩のコチョゴッテェ芸者は、二人とも南瓜に目鼻、といった顔をしていた。

そのうちに烏賊の刺身が食膳から間遠になった。それでも、江戸からは何もいってこなかった。

秋が深まった。食膳の上で生鮭が幅をきかせはじめたが、この生鮭がじつに旨い。

「この味は凄いもんだねえ」

若旦那とおれは食膳に生鮭がのぼるたびに、秋田屋に感心してみせた。

秋田屋は手を横に振って、「味も凄いかもしれません。ですが、清之助さん、この鮭が卵を産みに、宮古の閉伊川をさかのぼって行く光景といったら、もう凄いの凄くないの、なにしろ閉伊川の川色が鮭の背びれで隠れてしまいます」

と、獅子ッ鼻を高くした。

「松島が凄い、富士山がいい、名古屋のお城の金の鯱鉾《しゃちほこ》が見事だと、世間じゃいろんなことをいいます。けれどもわしゃ閉伊川の鮭が日本一だと思いますねえ。あの光景を見ただけで、釜石に住みついた甲斐がありました、はい」

聞いていた若旦那が、すぐ乗って、

「おッ、桃八、これから、さっそくその日本一の閉伊川とやらへ出かけようじゃないか」

おれはその上を行って、

「けっこうですねッ。芸者を二、三人引き連れて参りましょッ」

若旦那は、さらにその上を行く。

「桃八、こっちの人数がすくないと鮭に舐められるかも知れないよ。だいたい、鮭の分際で川の色を隠すなんて生意気じゃないか。鮭どもがそうくるならこっちにも覚悟があるよ。桃八、こっちも鮭の向うを張って、大勢の芸者衆で地面の色を隠しておしまい」

「わかってますよ、若旦那。こうなりゃ人間が勝つか、鮭が勝つかの一騎打！」

「桃ちゃん、その意気ッ」

「釜石の芸者衆、総揚げして鮭と一戦交えましょうッ」

秋田屋はべそを掻いていた。なにしろ、江戸から金子が届くまで、若旦那とおれの使う費用は一文のこらず自分の懐から出て行くのだから泣きたくなるのも無理はない。

秋田屋が階下に降りてしばらくしてから、突然、内儀の声が宿屋中に響きわたった。

「ばかだねえ、おまえさんたら。秋田生れの秋田育ちのくせに、此処の自慢なんぞすることはないじゃないか！」

――閉伊川の鮭は、秋田屋が自慢するだけあって、たしかにたいした観物だった。川にも海にも鮭がぎっしりとつめかけ、水しぶきをあげ、鱗を互いにこすり合っている。鮭は海にいる間は暗い水色をしているけれども、川に入ったときから、どういうわけか体に赤い斑《ぶち》の模様が出てくるのだ。だから、海と川が、鮭の暗い水色と赤色とでふたつに色わけされている。

「聞きしにまさる光景ですねえ」

おれは若旦那にいった。

「日本一！　と声をかけたくなりました」

「ばかだねえ、桃八は……」

若旦那は眉を寄せておれを睨んだ。

「ここで〝日本一〟を使っては、富士のお山や、御城や、越後屋や、それから吉原や、花火や、夕立ちにあい済まないよ。〝日本一〟の掛け声は、江戸に着くまで仕舞い込んでおきな」

おれは、そこで、鮭の大群に向って大きな声を掛けた。

「いよーッ、日本で二番目！」

そのとき、岸の近くで一匹の大鮭が赤斑のある白い腹を見せて水上に跳ね、おれに水しぶきを浴びせかけた。ひょっとしたら、あの大鮭は「日本で二番目」という掛け声に腹を立てて、おれに水をかけたのかもしれない。

芸者衆と尾崎の船着場の前で別れ、海岸通りをぶらぶら歩いて行くと、秋田屋の前に人だかりがしていた。人垣の間から首を出して様子を窺うと、秋田屋の右腕に内儀が歯を立てて噛みついている。

「おっと、お内儀《かみ》さん、往来で夫婦喧嘩はいけませんや。人が集《たか》ってくるじゃありませんか」

内儀は、仲裁人がおれだと気付くと、亭主の腕に立てていた歯を、こっちに向って剝き出して、

「人でなし！　この疫病神《やくびょうがみ》！」

と唸っている。

おれは若旦那の手を借りて、やっとの思いで内儀を押え込み、土間に連れ込んだ。内儀は土間にぺたりと尻を据えて、今度は泣きじゃくりはじめる。

一足おくれて、秋田屋が入ってきた。腕には内儀の歯形がくっきりとついている。

「秋田屋さん、わたしたちを摑まえて、人でなしだの、疫病神だのとはあんまりひどい言い草じゃありませんか。わたしは一介のたいこもち、何をいわれても構いませんが、こちらの若旦那は、江戸は日本橋本丁の鰯屋の若旦那ですよ。すこしは口を慎んでもらいたいねえ」

秋田屋は吃りながら、

「た、たいへんなことになりましたので……、こうと知っていたら、閉伊川の鮭見物の費用なんかお出しするんじゃありませんでした……」

「秋田屋さん。これまでお借りした金は、今日の鮭見物の費用を合せて、まだ三十両になったかならぬかといったところでしょう。こういっちゃァなんだが、三十両ぽっち、鰯屋にとってはほんのはした金ですよ。平吉さんが出立してかれこれふた月になります。その平吉さんに案内されて、鰯屋の手代が、金を持っておっつけきますよ。ねえ、若旦那、そのときは利子もはずみ、お礼の心も添えて、ぽんと五十両ほど払ってさしあげなさいな」

若旦那は鷹揚に頷いたが、そのとき、背後の帳場のあたりで、ちょっとどすのかかった声がこういうのが聞えた。

「いくら待っても江戸から金は来ないぜ」

びっくりして振り返ると、帳場の机に、四十年配の男が腰を下ろし、羽織の下から十手をちらちらさせている。背丈はおれと似たようなもので低いが、でっぷりと肥ってて、眼付がいやに険しいのが気にかかる。

「おれはこの土地の目明しで喜平というものだ」

男は腰を下げて、土間の草履に足をかけた。

「あ、あのう、喜平親分、江戸から金は来ないとおっしゃっていたようですが、それはどういうことでございます？」

「昨夜、釜石と遠野の間にある仙人峠で、鰯屋の手代で甚兵衛という者が殺されたのだよ」

若旦那の顔から血の気がみるみる失《う》せた。おれも棒でいきなり殴られたような気がした。

「小間物屋手代平吉も同じく殺された。……昨日の夕刻、仙人峠に向って足早に歩いて行く二人の姿を、上郷宿場《しゅくば》の旅籠の亭主が見ている。亭主が、仙人峠の夜道は物騒だから泊って行くようすすめたところ、うちのひとりが、釜石までもう一足というところまで来てのんびりしていては待っている人にすまない、といい張って、もう片方をせきたてるようにしながら峠へ向ったそうだ」

「……甚兵衛だ。夜旅をいい張ったのは甚兵衛にちがいない」

若旦那は崩れるように、土間に膝をついた。

「甚兵衛はそういうやつだ。あたしのためならどんなことでも厭な顔ひとつせずやってくれる忠義者でね、ちいさいころ、甚兵衛は町内のこども相撲の横綱で誰にも負けたことがなかったけれど、あたしの相手をするときはばかに弱くなる……。五目ならべでも、将棋でも、釘差しでも、いつでもそうだった……。あたしが甚兵衛を殺したようなものだ」

「若旦那、それはすこし考えすぎってものですよ」

おれは若旦那をたすけ起した。

「生きるも死ぬもそれぞれ人の定命《じようみよう》ですから……」

すると、若旦那は激しい勢いでおれの頰を打った。

「たいこなんかにあたしの心のうちがわかるか！　あたしのために人が死んだんだ、甚兵衛が殺されたんだ、定命なんか持ち出されてお手軽に慰められてたまるものか！」といい捨てて、若旦那は二階へ駈け上って行った。目明しの喜平は若旦那を見送って、

「さあて、お前さんたちはこれからどうするかね。この秋田屋にだいぶ借金がたまっているそうだが……？」

と、おれに訊いた。おれは、まだ土間に坐りこんでいる内儀を目でちらっと指し示して、

「お内儀さんは、江戸からの使いが殺されたと聞いて、もう貸金が取れなくなったと騒ぎ立てているようですが、そんな心配は無用です。これまでと同じことですよ」

「つまり、また江戸へ使いを出すってわけかい？」

「こんどは町飛脚にでも頼みます。年内は難しいかもしれませんが、年明け早々に金がまた届く筈ですよ」

「冗談じゃないよ！」

内儀が土間から跳ね起きた。

「これまでうちで立て替えた金は、高利の利息がついているんだ。年内にどうあっても返してもらうよ！　でなきゃ、旅籠はおろか何もかも、この鬼平親分に取り上げられてしまうよ」

どうやらこの目明しは、十手でお上の御用、金を貸して下々《しもじも》の御用、二足草鞋《わらじ》をはいているらしかった。内儀はたったいま「鬼平」と口走ったが、きっと十手をちらつかせながら情けも容赦も血も涙もない取り立て方をするのだろう。目明しが金貸しも兼ねる

とはうまい知恵だ、とおれは思った。かねかしにめあかし、第一に語呂も合っている。

「お内儀、そう騒ぎたてることはねえよ……」

そういって喜平は、おれのまわりをゆっくりとひとまわりする。

「なんかいい手だてがあるはずだ……」

今度は、立ちどまっておれを下から上へ眺めあげる。

「桃八とかいったが、おまえさん、躰の按配《あんばい》はどうだね？　なにか持病があるかい？」

どうも妙な男だ。目明しと金貸しのほかに医者などもやっているのだろうか。すこし神経に触ったから、おれはいってやった。

「躰の調子はおぎゃァと生れてからこの方、ずーっといい按配のつづきっぱなし、このままだと一生病気知らずで終りそうです。そこで親分、このままじゃ肩身がせまい、一度でいいから病気になってみたい。お手持ちの病気があったら貸して下さいな。利子はずんとはずんで、借りた病気をもっとひどくして返しますからさ」

すると喜平はにたりと笑い、十手で肩を叩きながら、外へ出て行った。秋田屋と内儀はその後姿に何度もお辞儀を繰り返している。二人とも、喜平の「なにかいい手だてがあるはずだ」という一言に縋《すが》る気になったのだろう。

この夜から、若旦那とおれは秋田屋の二階の物置で寝起きすることになった。秋田屋は、若旦那とおれを江戸から金が届くまでは追い出すに追い出せず、かといって今迄通り若旦那とおれに好き放題を許せば貸し金がふえるばかり。金が取れればそれでもいいが、もしも万一取れない場合を考えれば空恐しい。そこで、逃げられぬよう金のかからぬよう、物置に閉じこめておこうということに決めたらしかった。

物置の隣は、若旦那とおれが居た部屋になっている。そこに新手の客が入ったと見えて、賑やかな三味線の音がしはじめた。

若旦那はさっきから布団の上にぽつんと坐りこんで煙草を喫っては溜息、吐息をついてはまた煙草と、そればっかりだ。

若旦那の躰の線がなんとなく頼りなく見えた。大家の坊っちゃんらしい向ッ気がまったくなって、脂の落ちた秋刀魚といった感じだ。

「若旦那、考え事は躰の毒ですぜ」

声をかけると、若旦那は気弱に笑って、

「……落ち目だねえ」

とぼやいた。

「さもしい話だけれど、隣座敷がひどく気になるのさ。盃を洗う音がするたびに喉が鳴る。芸者の甘ったれた声や、蛇の這うような帯を解く音が走るたびに羨しさ妬《ねた》ましさで、躰が火事みたいに熱を持ってくる。若旦那、若旦那と奉られてはいるけれど、あたしの本性は、これで案外、薄みっともないところがあるんだねえ……」

「若旦那、わたしというものがついていながら、申し訳ございません」

おれは掛け布団をはねのけ、敷布団の上に坐り直した。

「若旦那をそんな気にさせたのは、つまるところわたしの罪で……。でもね、若旦那、もうしばらくの御辛抱。夜は必ず明けますし、引いた潮は必ずまた満ちてきます。町飛脚にもういちど手紙を頼みましょう。それで万《よろず》の悩み事は一気に解決、めでたしめでたしの大団円で」

「それまであたしはこの物置に捕われの身かい。おお、ぞっとする。思っただけでも寿命が縮む……」

「江戸からお金の届くまで、わたしが身を粉にして働きますよ。毎日の煙草銭や晩酌のお銚子代ぐらい、あたしの甲斐性で見事ひねり出してみせますぜ」

「というと、桃八、おまえ、たいこをやるつもりかい？」

「へえ、そのつもりで……」

「そりゃァ、だめだ。此処じゃたいこにお座敷はかからないよ。ここの網元の旦那衆は、酒をがぶ飲みして、あとはずばり、滅多矢鱈《めったやたら》に妓《おんな》を抱くだけだ。妓とペコシャンやる前の照れや口説きやためらいがない。つまりさ、桃八、遊びに無駄がない」

「そりゃまァ、そういえばその通りで」

「たいこの芸ってものは、その無駄なところにつけこむものさ。だから、たいこは此処じゃァ茶を引くばかりだよ」

「わかりました！　それじゃたいこ業は諦めて魚河岸の下働きでもなんでもやりますよ」

「ありがとうよ、桃八……」

若旦那は懐から鼻紙を出してつーんと鼻を擤《か》み、そのついでに目頭に滲《にじ》んだ涙をさりげなく拭きとった。

「……ときに桃八、さっきは土間で怒鳴りつけたりしてすまなかったねえ」

「おそれいります、若旦那」

おれは布団の上に両手をつき、若旦那の目を見ながらいった。

「これからが若旦那への御恩の返しどき。わたしの実意の見せどころ。秋田屋がたとえ一文も金を貸してくれなくとも、若旦那に小遣銭の不自由はかけません」

若旦那はまたしばらく、煙管を立て続けにすっぱすっぱと喫いつけて、

「……小菱屋の袖ヶ浦はどうしているかねえ」と、煙といっしょに溜息をついた。

「先の手紙で、若旦那御無事の噂は江戸中の遊里にひろまってますよ。小菱屋あたりじゃ若旦那のご無事を赤飯炊いて祝ったでしょうし、とくに袖ヶ浦ときた日にゃ大騒ぎ

だ」

「どう大騒ぎだい？」

「毎日、夜になると小菱屋の窓に頬っぺたを強くきゅっと押しつけて、若旦那がいっいらっしゃるか、とそればっかり、一日千秋の想いで待っていますぜ。あんまり強く頬っぺたを押しつけるものだから、一日中、頬っぺたに窓枠の跡が残ったりしましてな、同輩の女子衆にさんざ冷かされていますよ」

若旦那は煙管を宙に浮かせたまま、物置の小さな明り取りの窓を眺めている。寂しい秋の月が窓の枠に按配よく嵌《はま》っていて、まるで誂《あつら》えた梅干弁当のようだ。

若旦那の目尻がすこし下って頬が弛《ゆる》みはじめた。きっと、品川小菱屋の二階から房総半島の上に昇る月を、袖ヶ浦と肩を並べて眺めているつもりでいるのだろう。

「……清之助さん」

物置の戸が、かたりと動いて、内儀が顔を覗かせた。

「ちょいと来ておくれ」

話があるならおれにしてくれ、というと、内儀は、

「清之助さんに直接《じか》に話がしたいんだよ」

と険相のある顔ににやりと笑いを浮べた。笑えばなかなかいい女だ。

若旦那の後姿を見送りながら、おれは心の内で舌を巻いた。若旦那は内儀を蕩《たら》し込む

算段をつけたらしい。策略としては上々吉、秋田屋には可哀想だが、あの内儀なら抱芸者の代りになる。こっちとしては、若旦那に女の世話をする苦労は省ける。それにこれから内儀を通していくばくかの金が調達できるだろう。

若旦那の小遣銭はおれが稼ぐとしても、向寒の折りから、足袋だ、綿入れだ、羽織だと、いろいろ金がかかる。その金主は内儀ときまった……。それにしても若旦那の手の早いことはどうだ。若旦那、なかなかやる。

先行きにぽーっと灯が見えてきたので、おれはうれしくなり、「寝るより楽はなかりけり、浮世の馬鹿は起きて浮気だ……」と出鱈目な節を唸りながら憚《はばか》りに立った。

憚りの窓から月夜の庭が見えた。庭の貧相な松の木の傍で二人の男が立ち話をしていた。ひとりは内儀と一緒にいるはずの若旦那で、もうひとりは小柄で、でっぷり肥っていた。男が躰を動かすたびに腰のあたりでなにかがぴかっと光った。よく見るとそれは月の光を照り返す十手だった。となると、男は目明しの喜平にちがいない。

物置に戻り、煎餅布団にもぐり込んだが、急に目が冴えてきた。若旦那と喜平とがどうしても結びつかない。散々、あれこれ考えた末、ひょっとしたら若旦那は、喜平から直接に金を借りるつもりかもしれない、ということに思い当った。江戸へ帰りたさの余りの必死の金策……、なるほどそれならわかる。得心が行くといっしょに眠気が攻めてきた。おれは簡単に眠気に城を明け渡した。

朝方近く、おれは若旦那のうんうん唸る声で目を覚ました。若旦那は布団の上に両膝をつき、両手で頭を抱え込んでいる。

「ど、どうしました、若旦那？」

驚いて訊くと、若旦那は、頭を前後に振りながら、

「痛いんだよ。頭がずきんずきんするんだよ」

と布団の上に突っ伏した。

「そりゃいけない。若旦那、今日は一日、横になっていなすった方がいい」

「それだが……じつは困ったことがあるのさ」

今度は若旦那、壁に躰を向けて蝦《えび》のようにまるくなった。

「今日は朝から目明しの喜平親分のお供で、釜石鉱山を見物に行くことになっていたのだよ。じつは昨夜、しつっこく誘われてね……」

昨夜の月夜の庭での立ち話はこのことだったのだな、とおれは思った。

「なにも困ることはないじゃありませんか。若旦那の代理で、わたしがお供してまいります」

「そ、そうしてくれるかい。きっとたのみますよ」

これですこし気分がよくなったのか、若旦那は急に大人しくなって布団をかぶった。

台所の隅で盛り切りの丼飯に若布《わかめ》の汁をぶっかけ、さらさらと朝飯を搔っ込んでいる

ところへ、目明しの喜平がやってきた。

「あっ、親分、わたしんとこの若旦那は今朝、お天窓《てんてん》が痛むといって臥せっていらっしゃるんで、釜石鉱山見物にはわたしが代りにお供いたします」

喜平は「ほほう」と二階を見上げてから、

「そりゃ気の毒なことだ。旅先の病いぐらい気塞《きふさ》ぎなことはないからな」

と呟《つぶや》いた。

「鬼平」と異名をとる男にしてはいやに心やさしい言葉だ。ほんとうは案外気のいい男なのかもしれない。人間なんて身勝手な生き物だ。借りたときの有難さを忘れ、返すときの、あの変に損したような気持だけで、とかく人は金貸しを鬼呼ばわりする。たいこにとっては、客の心の奥の奥を見定めるのも仕事のうち、これからはあまり世間の評判に惑わされず、ずばと客の心の奥を見抜く修業をしよう……

そんなことを考えながら、丼の飯を啜りこみ、出る前に物置を覗いた。

「なんでも、今夜は大橋というところで一泊だそうでして、明日の夕方には間違いなく戻ってまいります。それまでは、若旦那、悪戯《わるさ》をしないで大人しく躰を休めておくんなさい」

若旦那は布団をかぶったままだ。

「……若旦那、ほんとうに大丈夫なんですかい？　なんなら喜平さんにお願いして、鉱山見物を延ばしてもらってもいいんですよ」

「あたしのことは心配しないで行っておくれ。もう、痛みは納まっているんだから……」

若旦那は布団をかぶったままでいった。

「そんなら、行ってまいりますよ」

物置の戸を閉めようとしたとき、

「桃八……」

若旦那が呼びとめた。振り返ると、若旦那は布団の上に正座している。若旦那がこんなに改まるのは珍しかった。若旦那は鼻声でいった。

「桃八、おまえには随分苦労をかけるねえ」

「たいこに礼をいっちゃいけませんや。それに、江戸へ帰ったらたっぷりと御祝儀をいただきますからね」

若旦那は何度も頷き、それから何かいおうとしたが、途中でやめて、ゆっくりと布団の中にもぐりこんだ。

釜石から洞泉《どうせん》までは、底の平らな小舟で甲子川《かっしがわ》を上った。洞泉から大橋までは甲子川沿いに歩いた。

甲子川が細くなるにつれて、左右の山が迫ってくる。山が迫ってくるにつれて甲子川の流れが早くなった。いくつか峠を越えて行くうちに、甲子川とも逸《はぐ》れ、やがてちらちらと白いものが降ってきた。

雪の中を喜平はぐいぐい歩いて行く。肥っているわりにはひどく足が早い。

「喜平親分、ちょっと足を緩めてくださいよ」

とおれはとうとう峠道の中ほどで弱音を吐く。

「わたしはたいこで、町飛脚じゃない」

喜平は振り返りもせずに、怒鳴るようにいった。

「峠を越えると大橋だ。休むと躰が冷える。冷えたら辛いぜ」

人にうむをいわせぬ強引な語調だ。その語調に引きずられながらようやくのことで峠を越えた。冷たいぬかるみ道を歩いているのに、足は熱湯で茹《ゆ》でられたようにかっかっ灼《や》けている。襟をくぐって胸元深く飛びこんでくる雪が快い。

下方に小さな宿場が見えた。夕餉《ゆうげ》の煙が降る雪に刃向うように上っている。宿場の外れに大きな木戸があり、その向うはもう雪の幕がかかってはっきりとは見えない。一声、宿場から馯馬《かんば》のいななき。あとは天地まるっきり鎮まりかえり、聞えるのはカサカサという雪の降り積る音だけだ。

「あの大木戸の向う一帯が鉱山だ」

いっておいて喜平は下りにかかる。

「鉱山はもうどうでもいいんでさ。今日は早々に宿にこもって、この雪景色を肴に、いただくものをいただきたいもので……」

おれは後を追う。膝が笑うというのか、おれの疲れと関わりなく、膝はひとりでにくっくっくと弾んで、あっという間もなく大橋の宿場に入った。

喜平は、どうしてもこの日のうちに、おれに鉱山を見物させたいらしく、宿場を通りすぎ、街道を横に入ってすぐの大木戸の前に立った。大木戸には「奥州盛岡藩大橋高炉」と記した大きな木札が下っていた。木戸の番人は喜平の顔を認めると、ひとつ頷いて傍の潜り戸を開いた。

「この男は桃八といってな、釜石から鉱山見物に来たのだ」

喜平はおれを潜り戸の中へ押し込んでから、木戸番にいった。

「見物か。よし、わかったよ、喜平親分、鉱山番所へおれが送り届けておく」

木戸番が潜り戸に錠を下ろした。

「喜平親分、わたしひとりじゃ心細くていやですよ。安寿と厨子王《ずしおう》じゃあるまいし、ここで生き別れはないでしょ⁉ わたしといっしょについてきてくださいな」

木戸越しに喜平がにやりと笑って、

「桃八、おまえについて行くわけにいかないんだよ」

「な、なぜです⁉」

おれはなんだかいやな予感がして叫んだ。

「どうしてってすぅ⁉」

「どうしてって、おまえはこれから向う十年間、この鉱山で、地大工《じだいく》として稼ぐことになっているんだぜ。十年も一緒につきあえるかい」

おれは何が何だかわからなくなった。ただ、この木戸から飛び出さないとだめだ、二度と若旦那に逢えなくなる、という考えだけが頭の中を渦のように上になり下になりしていた。

「悪足掻《わるあが》きはやめた方がいいぞ！」

木戸にとび付き、攀《よ》じ登ろうとするおれの手と足を、木戸番が六尺棒でぴしっと打った。おれはたまらず転げ落ちながら、思わず、

「若旦那ッ！」

と泣き声をあげた。

「この鉱山にゃ悪い冗談が流行《はや》ってんですよう！」

「清之助の名前をいくら呼んでも無駄だな。おまえを助けに来ねえってことは請け合うよ」

「てやがんでえ！」

おれはぐちゃぐちゃの地面に坐り直した。

「若旦那とわたしとは、只の客とたいこじゃないんだ！　兄弟なんだ、身内なんだ、ふたりでひとりなんだ！　このことを知ったら、きっと素ッ飛んできて下さる……」

喚きながら、おれはひとりでに自分の声が小さく低くなるのを感じた。もしかしたら、昨夜の、あの月夜の庭でのひそひそ話は……、そして、今朝の、あの急な頭痛は……、それから別れ際の、あの殊更らしく改まった様子は……、まさか。

おれが黙ってしまったのを、木戸越しに見下ろして喜平がいった。

「清之助さんは、この喜平におまえを金四十両で売り渡したのだ。清之助さんはその四十両のうちから三十両を秋田屋に返済し、残った十両を路銀にして、この四、五日の間に釜石を発つらしいぜ」

喜平は、目明しと金貸しのほかに人買いも兼ねていたのだ。三足草鞋とはなんという慾の深いやつだろう。この調子では、ほかにも人目を憚る商売を何十、何百と持っているだろう。つまり、何十足草鞋、何百足草鞋……、ずいぶん足があるやつだ、まるで百足《むかで》じゃないか、やはり「鬼平」という渾名《あだな》は伊達《だて》ではなかった……、おれは真ッ白けになった頭でそんなことを考えていた。

喜平は、一旦、立ち去りかけたが「おっ、そうそう」といいながら戻って来て、木戸の格子の間から、四つに折り畳んだ鼻紙を差し出した。

「此処へついたらおまえに手渡してくれ、と清之助さんに頼まれていたんだ。じゃァ、達者でな」

いつの間にか風が出て、雪は吹雪になっていた。山間《やまあい》に吹き下ろす雪の中を喜平は去って行った。

その黒い後姿の上を白い雪が斜めに降って、喜平は飛白《かすり》を着ているように見えた。

鼻紙を展《ひろ》げると、そこにはこう書いてあった。

「桃八さま。

わたしを責めないでおくれ。わたしはどうしても江戸へ帰りたい。江戸からお金の届くのが待ち切れないのです。それに、また万が一、お金を届けに来た店の者が甚兵衛のように途中で殺されたりしてごらん、わたしたちはいつまでもこの魚臭い湊から縁が切れなくなってしまう。

だから、わたしは自分で帰ることにしたのだよ。むろん、迎えはすぐ寄越すよ。喜平親分が、ちゃんと約束してくれたのさ、四十両に利息をつけて持ってきてくれれば、いつでも桃八を鉱山から出してやるってね。江戸に着いたらさっそくその手配はするから、安心しておくれ。品川の小菱屋へ行ったら袖ヶ浦にこういうつもりだよ。なんてったって桃八だ、たいこは桃八に限る、日本一！　とね。

鰯屋清之助」

鼻紙の上の墨字がみるみるうちに滲み出し、黒いたくさんの汚点《しみ》になっていった。鼻紙の上に降る雪が墨字を滲ませているのだった。

おれは鼻紙を摑み、雑巾《ぞうきん》のように絞って捩《ねじ》り切った。

「若旦那、あんまりだ！　これはちっと洒落がすぎますよ……」

木戸番に尻を六尺棒で叩かれ叩かれ鉱山番所の方へ歩きながら、おれは何度も口の中で同じことを呟いていた。

「……若旦那、こりゃ、あんまりだ、あんまりじゃないですか……」

夕焼け

最初の一カ月は、わけもわからずに、ただただ夢中で暮した。

おれの仕事は、地大工といって、山に穴を穿《うが》って掘った坑道にもぐりこみ、鉄を含んだ岩を鶴嘴《つるはし》で砕くのが仕事だった。

扇子と盃しか持ったことのないやわな手に鶴嘴は重かった。一日で、掌《てのひら》に七つも八つも肉刺《まめ》が出来、二日目に潰れて、鶴嘴の柄が血だらけになった。三日目には腰が立たなくなり、五日目には躰中に熱が出て、どうしても起き上ることが出来ず、監督の役人に願い出て、坑道に入るのは休ませてもらった。このとき、はじめてわかったのだが、仕事を休むと、飯も休みになる。つまり、休むのは自由だが、そのかわり休んでいる間は、飯抜きなのだ。

飯といっても、これがただの飯ではない。「めのこ飯」といって、荒布《あらめ》を煮て細かく切って微塵に叩いたもの三分、粟が五分、そして米が二分、これを水で炊いたしろもの沢だ。はじめの二日ばかり磯臭くて閉口したが、それでも、これだけが命の綱と思えば贅沢はいわれぬ。三日目からは荒布の細片ひとつ、粟ひと粒も残さず平らげるようにした。休めば餓死することを知ってからは、どんな無理をしても、仕事に出るようにした。六日目には坑道の蠟燭《ろうそく》が消えて大騒ぎになった。おれは真ッ暗闇の坑道の中であわてふためく地大工たちの声を聞きながら、

「ふん、真ッ暗闇が怖くて、月のない晩に歩けるかい」

と半分は意気がっていたのだが、これはとんでもない間違いだった。

煙貫（けむり抜き）が何かの拍子に塞《ふさ》がってしまうと、通気が悪くなり、蠟燭が消えるが、そのまま坑道に留まっていると「気絶《けた》え」といってその場でかっぱと仆《たお》れ、呼吸が出来なくなって死んでしまうのだそうだ。

外で働いていた者が煙貫の穴に石が嵌《はま》っているのに気づいて取り除けてくれたからよかったがそうでなければ死ぬところだった。おれは、この時、この次から蠟燭が消えたらすぐ逃げよう、と決心した。

七日目におかしなことに気がついた。地大工小屋は、この鉱山に四棟ほどあるのだが、どこの棟を探しても、三十五歳から上の地大工はいないのだ。坑道の中で隣で鶴嘴を振っていた男に、

「どうして四十代の人間はいないんですか？」

と訊くと、その男は、

「此処で四十歳の正月を迎えるやつがいたら、そいつは妖怪変化かよほどの豪傑だ」

と教えてくれた。地大工をして長い間、坑道に潜《もぐ》っていると、早くて三十歳、遅くても三十五歳あたりから、躰の肉がこそげ落ち、骨が枯れて、やがてしきりに咳が出るようになり、最後には煤《すす》のようなものをどッと吐いて死んでしまうのだそうだ。

（若旦那！　わたしを振った罪は勘弁してあげますから、一刻も早くわたしを迎えにきてください……！）

おれは、その日一日、そればかり念じながら、鶴嘴を振った。

一カ月たつと、だいぶ此処の様子が呑みこめてきた。地大工たちのほとんどは、凶作のときに借りたわずかな金が返せず、そのかたに送り込まれた百姓である。中には博奕《ばくち》に自分の躰を賭け、勝負に負けて地大工になったやつもある。

また中には、自分から此処の大木戸を叩いて、地大工になったという変り者も十五、六人いた。この連中は水沢あたりの隠《かく》れ切支丹《キリシタン》で、外にいれば国禁を犯すものとして磔《はりつけ》だが、此処の大木戸から内は、主殺し、親殺し以外は役人が見逃してくれるから、安心して夷狄《いてき》の神さまが拝めるわけだ。地大工の数が尠《すくな》いので、盛岡藩役人は知っていて知らぬ顔、お江戸の将軍様の御威光もここまでは届かないらしい。江戸者としては腹が立つ。

ある夜、地大工小屋で寝ころがっていると、この連中が、こっそりやってきて「ぜうすの仲間にならんかね」と誘った。

「仲間になればどういう御利益《ごりやく》があるのかい？」

こう訊くと連中は、

「あの世でたすかりが得られます」

と答える。だからおれは言ってやった。

「あの世でたすかりを得るなんて話がすこしまどろっこしいんじゃないかしらン。わたしはこの世で助かりたいね。もっといえば、此処の、この生き地獄から助かりたいよ。そのへんのことを、お前さんたちの親方のぜうす様とやらに伺いを立てて聞いてきておくれ」

すると、連中はおれに憐れむような声で、

「不憫《ふびん》なお方よのう、あめん」

といい、次の藁床《わらどこ》へまたぞろぜうすの売りこみをはじめた。昼間の大働きにめげずに夜まで働くとは、御苦労さまなことだ。

ふた月目が過ぎると、おれは毎日、わくわくしながら、江戸から若旦那の使いがくるのを待った。

三月目が過ぎるとすこし心配になった。

四月目。かなり心配になった。

五月目。とても心配になった。

六月目。矢も楯もたまらぬほど心配になった。

七月目。若旦那はひょっとしたら、おれのことを忘れなさったのじゃないか、と思い、いやそんなはずはないとあわてて打ち消した。

八月目。若旦那はひょっとしたら、おれのことを忘れなさったのじゃないか、と思い、その考えを打ち消さないでそのままにしておいた。

九月目。若旦那を、憎い、と思い思い暮した。

十月目。若旦那を、人非人め、と思い思い暮した。

十一月目。若旦那を、鬼の清之助め、と思い思い暮した。

一年目。毎晩毎晩、若旦那を殺そうとしている夢ばかり見て過した。おれが殺しに使う凶器は鶴嘴だった。

二年目。毎晩毎晩、この生き地獄を脱け出す夢ばかり見て過した。夢の中のおれは、いつも忍法の使い手で、大木戸の隙間を蛇に変身して通り抜けたり、坑道から地鼠に化身して地を掘って脱け出したり、大空へ鳩に姿を変えて飛び立ったり、裏山の番小屋の番人を眠らせたり、天狗《てんぐ》の隠《かく》れ蓑《みの》をまとって堂々と大木戸を開いて出たり、何の苦もなく鉱山から脱出するのだった。

だがやがて、夢を見るのはやめるようになった。夢を見るのは楽しいが、楽しければ楽しいだけ、醒めてからが辛くなることに気付いたからだった。

春も終りのある日のこと、おれは思いがけない声を聞き、思いもかけないものを見た。昼の半刻《はんとき》の休みを使って、おれの居る小屋の地大工が総出で、裏山の斜面で汁の実にするゼンマイを摘んでいると、すぐ近くで若い女の声がしたのだ。おれにはその声がまるで極楽で囀《さえず》るという迦陵頻伽《かりようびんが》の啼き声のように思えた。

おれは傍の橅《ぶな》の木に攀じ登って、声のした方角を見た。十二、三間先の山草の間に女の顔がちらちらと見え隠れしている。数えてみると女の顔は四つあった。「あるま・まーてる・どろろさ……」とかなんとか、訳の分らぬ夷狄の言葉で、低い声で歌っている。悲しいようで、それでいて明るいような言いようのない妙な声だった。

「こら、何をしとる。早く木から降りてこい！」

下から、番小屋の番人が、鉄炮《てつぽう》の筒先をおれの尻にぴたりと狙いをつけて、怒鳴っている。

「へいへいへい！　逃げようと思ったわけじゃございませんから、ズドンだけはご勘弁を……」

おれはそういいながら木の幹を滑り降り、

「ところで旦那、あの娘たちは、ありゃなんです？」

と、番人に訊いた。

「あれは水沢から来た隠れ切支丹の娘どもだ。あの女等も汁の実を摘んでいるのだ」

おれは口調に皮肉っぽい味をつけて訊いた。

「真ッ昼間から夷狄の唄とは大胆不敵なことで。よくお咎めなしで済んでいるものでございますね」

「この鉱山の大木戸から内では誰が何をしようとわれらの知るところではない。よく働き逃げ出したりさえしなければ、生かしておく」

番人は鉄炮を構え直してそういい、番小屋へ戻って行った。

それから後も休みの間中、裏山で娘たちの唄が聞えていた。以後の数日、頭の底の底に、娘たちの哀しいようで明るいような唄声がこびりつき、それを追い出すのに一苦労した。たとえるならば、吉原のお職女郎に不意の眄《ながしめ》をくらった堅物といったところで、唄声を思い起すたびに心の臓が外にとびだしそうに弾むので引き戻すのに手を焼いた。

ひと月ほどたって、おれは地大工から烔屋《とうや》の鞴《ふいご》の梶棒《かじぼう》かつぎにかわった。溶鉱炉に風を送り込む役だ。高炉の丈はたっぷり八尺はある。高炉の中では、いっときに五、六俵分の炭火ががんがん熾《おこ》り、鉄土を溶かしている。おれたちの仕事は炭火の火勢が衰えないよう、高炉の左右と後の三方に取付けられた鞴の梶棒を、寸時も休まずに、上げ下げすることだった。梶棒の長さは九尺ある。それに一度に三人でぶら下る。一刻ごとの交代で、一日六回。

この仕事は簡単なだけに辛かった。鶴嘴で鉄土を掘り返す方がまだおもしろ味があった。坑道の中では、ときには虫けらと出っくわすことなどもあって、その虫けらを追いかけ廻すのが息抜きになった。鉄土掘りのはかが行けば、ほんの僅かの間だが、土の上に腰を下ろしてぼんやりして過すこともできた。

ところが梶棒かつぎとなると一刻の間、休みなしだ。おれは背が低いから三人の先頭、一番前の一番棒だ。目の前にあるのは高炉の土壁、それも半分灼けていてべらぼうに暑い。まるで、炭火の前の鰻だ。辛いからといって顎を出せば見張りの六尺棒が、肩や腰に飛礫《つぶて》よろしく飛んでくる。一刻ごとにくる休みを、おれはいつも、藪入《やぶい》りを待ち焦がれる商家の小僧のように、年季の明けるのを待ちわびる女郎のように、一刻千秋一刻万秋の思いで待った……

もっとも、そんなに梶棒かつぎが辛ければ元の地大工に戻してやる、といわれてもおれは断わったろう。

なぜかといえば、梶棒かつぎをしていれば、娘の姿を見ることができたからだ。高炉の前に、いつか裏山で夷狄の唄をうたっていた娘たちが、炭俵を背負って、一刻に十回から十二回ほどやってきていた。娘たちを眺め、女の匂いを嗅ぐことができるというのが炯屋で働く連中の余禄といえば余禄で、この余禄がおれの励みの総本山になった。娘たちの姿が目の端に入ってくるたびに、どこからか力が湧いてきて、梶棒の重さを、僅かの間だが忘れてしまうことができたのだから、男というのはまったく妙な生きものだ。

娘たちは全部で八人いた。みんな炭で薄汚れていた。そのなかのひとり、眼元口元いや味なく、どうやら気転も菊五郎といった感じの利口そうな娘がいた。年は十七、八か、小柄で柔かそうな躰つきをしており、臀《いしき》が大きい。

梶棒を押し上げ引き下ろししながら、娘たちの話に耳を澄ましていると、その娘のことを他の娘たちがてれーじゃと呼んでいるのが聞えた。てれーじゃというのはどうやら切支丹仲間での源氏名というか隠し名らしい。

夜など、梶棒かつぎがごろごろしている小屋で引っくりかえっていると、娘たちの切支丹流のお念仏の声が聞えてくる。低い柵があって、その向うが娘たちの小屋なのだ。柵さえなければ隣同士である。

「てれーじゃという娘はいいな」

お念仏の声がするたびに、おれたちは天井の暗闇を睨みながら小声で噂をした。

「てれーじゃを抱きたいなんて大それたことは願わないが、一度でいい、あの娘の裸の姿を拝みたいな」

秋になって、大島総左衛門という偉い侍が鉱山へ見廻りに来た。どこで聞き耳を立ててくるのか梶棒かつぎの中に耳の早いのがいて、そいつの話によると、その大島総左衛門という侍は、此処の高炉の発明者だそうだ。これまでの溶鉱炉はみな地面に横に長く築く式のもので、鉄の出来高も一昼夜に数十貫がせいぜいだったのが、この大島式は高く築いた高炉、一昼夜に三百貫も鉄が出来る。それで南部の殿様のおぼえもめでたく、えらい出世で凄い羽振りだそうだ。

「大きな鞴を三つも取付けるというのも、もちろん大島総左衛門の発明らしいがね」

と早耳男がいった。

「その大島総左衛門がいま番小屋で酒をくらっているんだよ」

「その野郎の頰っぺたを、わたしゃ思いっ切り飛ばしてやりたいね」

板壁の隙間から差し込む月の光に掌をかざしながら、おれはいった。

「その野郎の益体《やくたい》もない発明のおかげで、こっちは、毎日、ばかでかい鞴の梶棒かつぎだ。見てくれ、わたしの掌はまるで焦げた馬の皮みたいに硬くなってしまったぜ」

ためしに、左右の掌を打ち合せるとカチカチと拍子木のような音をたてた。こんな掌をしていたのではたいこは無理だ。ぽん！　と手を叩き、「いよーっ、旦那、待ってました」などというたいこ十八番の仕草はもう出来ない。……

そんなことをぶつぶついっていると、娘たちの小屋の方から、きゃーっという叫び声があがった。びっくりして藁をはねのけ外へ出ると、娘がひとりこっちへ走ってくるのが見えた。娘はてれーじぁだった。片方の肩を月の光にさらしている。その肩が白くて眩《まぶ》しいほどだ。てれーじぁのあとを追って、男がひとり、酒が入っているのかひょろつきもたつきながら、月の光の下にあらわれた。

「これ、娘、わしは鬼でもなければ蛇でもない、大島総左衛門じゃ、此処の総監督じゃ、とって喰うとは申さぬ」

大島総左衛門という高炉の発明野郎は、柵を背に立ち竦《すく》むてれーじぁに近づきながらいった。

「ただ、酒の酌をしてくれればよい」

それから、大島はてれーじぁに抱きついた。てれーじぁは上ずった声で切支丹式の念仏を唱えるばかり。そのうちに、大島の手がてれーじぁの懐の中に入った。てれーじぁはひっと妙な叫び声をあげた。

出来ることなら柵をとびこえて、大島を張《は》り仆《たお》してやりたいが、あとの仕返しの恐しさを思えば手が出しかねる。おれたちは生唾のみのみただ成行きを見守るばかりである。

「おお、小さな可愛らしい乳房だな。小さな乳房の女は男に躰をまかすとき鶯のように啼くというぞ」

大島は溶鉱炉同様、女の乳房にも詳しいらしく、そんなことをいいながら、てれーじぁにのしかかり、口を吸う算段にとりかかった。

と、すぐにぎゃっという声がし、大島が弾《はじ》かれたようにてれーじぁから飛びのいた。

ふがふがとなにか喚いているが言葉にはならない。

まるで鼻の落ちかけた瘡《かさ》かきの喋るのを聞いているようだ。大島の口から涎《よだれ》が糸をひいて落ちた。てれーじぁはどうやら口吸いにきた大島の舌を噛み切ろうとしたらしかった。ふがふがふがと大島がまたなにごとか喚き、腰の小刀を抜いた。てれーじぁを斬るつもりらしい。

梶棒かつぎのひとりで源太郎という若い男が柵を飛び越え、背後から大島に抱きついた。

「旦那、およしになって下さいまし！」

大島は背後に向けて小刀を振った。コツンコツンと刀の腰骨を叩く音がした。それでも、源太郎は「旦那、およしになって下さいまし！」と抱きついた手をゆるめない。おれたちも夢中で大島の前へ飛びだした。梶棒かつぎは三十人もいる。その三十人が目の前へ土下座し、ご勘弁を、と叩頭《こうとう》する。いくら土下座し叩頭していても、男が三十人と数が揃えば迫力がある。大島はさすがに気を呑まれたらしく、ふがふがと叫び、腰をひとひねりして源太郎を放り出すと、左手で口を押えながら、番小屋の方へ戻っていった。

この騒ぎで、てれーじぁは百叩き、おれたち梶棒かつぎはその後十日間、メノコ飯を半分の量に減らされた。これにはこたえたが、源太郎のことを思えば不服なぞいえたものではなかった。源太郎は即刻、その場で百叩きの罰を受けたが、腰に四、五太刀浴びた上で百叩きだから、これはひどい。源太郎を小屋に運び込んだときは、もう虫の息だった。

夜が明けるとすぐ番人の許しを貰って裏山に登り、烏頭《うず》の根を掘り、それで痛み止めをし、また、蓼《たで》の葉を摘み血止めをしたが、三日目の朝方にはすっかりいけなくなってしまった。裏の湧き水を汲んできて、襤褸《ぼろ》にふくませ、口の中に流し込んでやると、源太郎が、

「……もう、水はいい」

と唸った。

「それよりもおれは……」

おれは源太郎の耳許に口を近づけていった、「それよりも……なんだ、源太郎?」

「……おれは、一目……てれーじぁの裸がみたいなあ。それでもう思い残すことは……ない」

無理な註文だ、とおれは思った。口を吸わせるのと、裸を人目にさらすのと、どっちが娘にとって、より恥しくより厭なことなのか、おれにはわからない。だが、大島という此処の親玉にさえ口を吸わせず、それどころか相手の舌を嚙もうとしてまでして抗《あらが》ったあの生娘が、梶棒かつぎの前に己れの躰を、しかも生れたときのままの姿でさらすこ

とを承知するだろうか。

「……女の裸が見たいなあ」

と、源太郎はまた力なく唸った。

「よし、なんとかしてやろう」

あてはまるでなかったが、おれは源太郎の手を何度も握って請け合い、小屋の外へ出た。そして、小石を拾い、娘たちの小屋めがけて投げつけた。

間もなく、小石の屋根に当る音を怪しんで、娘が二人、小屋の外へ出てきたが、おいでおいでをしているおれを見つけて、こわごわ柵へ寄ってきた。おれはてれーじぁを呼んできてくれるように頼んだ。娘たちは口を揃えて、てれーじぁさんは百叩きで参ってしまっている、起きるのは無理だろう、といった。

「無理を承知で頼みます……」

おれは手を合せて二人を拝んだ。二人は、しばらくおれの顔を見つめていたが、そのときのおれはよほど思いつめた顔をしていたに違いない、二人は気圧されたように、大きく頷き、小屋へ戻っていった。

おれたちが柵の前に源太郎を運びだしたとき、さっきの娘に両脇から支えてもらいながら、てれーじぁがこっちへやってくるところだった。

てれーじぁは西の空に残る有明けの月のような蒼白い顔をしていたが、その顔色は源太郎を見てから更に蒼くなった。

「この男はこないだの騒ぎにとめに入ってこの始末だ。もう長くはないだろう」

そういうと、てれーじぁは柵に縋りつき、崩れるように跪《ひざまず》きながら、源太郎になにかいった。しかし、それは言葉にはならなかった。

「恩着せがましいことをいうつもりはないのだが、この源太郎の頼みを聞いてやってくれないだろうかねえ」

「……わたしに出来ることでしょうか？」

てれーじぁは蚊のなくような声でいった。おれは頷いた。

「あんたにしか出来ないことさ。この源太郎はあんたの裸が見たいと、ただそればかりが黄泉《よみじ》の障《さわ》りだ。……ちょっとの間、裸になってはくれないでしょうかね？」

てれーじぁは絶句したまま、おれと源太郎を半々に見た。それから顔を伏せて何回も十字を切り、低い声で、なぜと呟いた。

「なぜだかわたしにはわからない。この源太郎にもそれは摑めていないでしょう。無理していえば、あんたが女で、源太郎が男だからです、それだけのことだ」

てれーじぁはまた十字を切った。それからゆっくりと帯を解きはじめた。

「おまえたちはそこで何をしている！」

鉄炮を構えた番人がすっ飛んできた。おれたちが訳を話すと、番人はせわしく鉄炮の

筒先を振って、

「ならん！」

と叫んだ。

「ここではそんなことは許されんぞ！」

てれーじぁは帯を解き終り、着物の前をためらいながらはだけはじめた。番人は躍起になって騒ぎたてた。

「女っ！この男どもの前に肌をさらしたらまた百叩きだぞ。いや、この鉄炮の引金を引く！」

てれーじぁの動きがぴくっととまった。だが、それも一瞬のことで、やがて、てれーじぁは栗の毬《いが》を剝くように、自分の着物を、すぽと剝いた。

折りから、てれーじぁの背後に陽が昇りはじめ、その陽光がまるい柔かそうなてれーじぁの躰を桃色に縁どっている。桃色の縁どりの上で産毛《うぶげ》が金色にそよいだ。

源太郎はてれーじぁの股間へゆっくりと右手を伸ばし、鉤《かぎ》のように指先を曲げ、

「……摑みたい。……摑みたい」

と、呻《うめ》いた。てれーじぁは、ほんの僅かの間、躰をこりっと堅くさせたが、そのうちにじりっじりっと前へ出て、のけぞりながら柵の間から源太郎に向って、白くて、引き締った下腹を突き出した。うあうあ、と源太郎がまた呻いた。おれたちは、源太郎を前

に押し出した。

「よく見ろ、源太郎。これが女の裸だぞ」

源太郎は微かに頷き、そろそろとてれーじゃの股間に手を伸ばし、そして、がくとはかなくなった。指先に黒い毛が一本、朝顔の蔓のように巻きついて残った。

てれーじゃを見上げると、その顔は大木戸の向うの朝日よりも赤かった。おれはそのとき、三ツ布団の上で天鵞絨《びろーど》の夜着にくるまっている名妓と、何もまとわずに朝日にくるまっているこの娘と、どっちが綺麗だろうか、と考えていた。むろん、日本一の軍配はてれーじゃに上る。

番人がわれに返って、かすれたような声をあげた。

「来い、娘。百叩きだ!」

おれたちはてれーじゃが番小屋の中に消えるまで、身じろぎもせずに、その場に立ち尽していた。やがて番小屋から割れ竹のびしっびしっと鳴る音が聞えてきた。

それから間もなく、おれたちは鞴の梶棒かつぎからまた元の地大工に戻された。だからてれーじゃとは二度と逢うことはなかったが、おれは今でもてれーじゃという娘の、あのときの桃色に縁どられた白い躰をありありと思い浮べることができる。あれこそほんとうの女だ。

三年目。前の年は盛岡藩全体が大凶作の大飢饉だったそうで、正月から、それが鉱山の飯にもあらわれてきた。メノコ飯の中の、粟と米が急に減り、荒布八分に粟と米一分ずつの割合になった。こうなると、飯といっても荒布ばかりだから真ッ黒で、ほんの申し訳に、あっちへ一粒、こっちへ二粒と白い米粒がついているというのが有体《ありてい》のところだ。

日の暮れるのが早い冬の夕飯どきなど、一度、メノコ飯の入った椀を手から離すと、次に手に取るのに苦労する。というのは、蠟燭も灯《とも》らぬ真ッ暗闇の中で飯を喰っているから、黒いメノコ飯が暗闇に馴染み、どこが暗闇かどこらあたりがメノコ飯か、皆目、見当がつかなくなるのだ。

三月に入ると、大木戸の前の街道を、毎日のように、筵旗《むしろばた》を押したてた百姓たちが通っていくようになった。百姓たちが通るのは決まって夜で、松明《たいまつ》が街道に沿ってゆっくりと動いて行くのが、地大工小屋で寝っころがっているおれたちにもよく見えた。

例の早耳男が、数年続く凶作と高年貢にほとほといや気のさした大槌《おおつち》一帯の百姓一万余名が、これ以上、盛岡藩にいては飢え死にするばかりだと、伊達の藩境を目ざして逃《ちょう》散《さん》の最中なのだと教えてくれた。

「それにしては、大木戸の番人がよく見逃しているものだね」

と、おれは訊いた。

「この鉱山は盛岡藩の直轄、いわば盛岡藩の役所と同じだ。その役所が、領内の百姓が他所《よそ》の御領内へ逃げるのをよく許しておくものだな」

早耳男は、小首を傾《かし》げて、

「それ以上のことはおれにもわからん。が、たしかに桃八ッつァンのいうとおりだ。ほんとうに大木戸の番人はどうして黙っているのかね……」

そのとき、大木戸の方角で、ぱぱぱーんと栗の爆《は》ぜるような音がした。その音に驚いて小屋の外に飛び出し、大木戸を見ると、木戸入口横の番小屋が燃えているのが見えた。

「こいつァ、観物だ、桃八ッつァン。きっと、百姓たちの前を役人が遮《さえぎ》ったのが騒動のはじまりだぜ」

早耳の男がおれの耳許でいう。

「だろうね。通る、通さぬの押問答があって、気の立った百姓が番小屋に松明でも投げ込んだんだろうよ」

おれは、そんなことをいいながら、大木戸の内側で銃を構えている鉄炮士の数を素早く数えた。

鉄炮士は五人いた。鉱山の裏山には五カ所に番小屋が建っていて、おれたちが逃げ出したらぶっぱなすつもりで、一カ所に一挺《ちょう》ずつ鉄炮が備えてあるのだが、その鉄炮が今夜は一挺残らず、大木戸の前に集まっているようだ。

（逃げ出すならいまのうちだぞ……）

という考えが咄嗟《とっさ》におれの頭に閃いた。

（裏山の番小屋に鉄炮がないとすりゃ、こっちのものだ。なにしろ、おれの怖いのは鉄炮と雷とお客の気紛《きまぐ》れだけだからな）

夜空がぱっとひときわ明るくなった。番小屋が燃え落ちたのだ。

「ざまァみろだ。桃八ッつァン、胸がすっとするったらないねえ」

早耳の男が手を打って嬉しがっている。おれもにっと笑って、

「まったくだ。胸がほんとにすっとするよ。どれ、小便でもしてこよう。こんだア、小便袋をすっとさせてやる番だ……」

後の方は誰にいうともなく小声にして、おれはゆっくりと地大工小屋の裏へ廻った。

そして、気配を見定めると、裏山の灌木《かんぼく》の斜面を一気に駈け上った。ぱぱーん！　また、四、五発の銃声が起った。思わず腰の蝶番《ちようつがい》が外れて、その場にひっくりかえってしまったが、

「あれはおれに向って射っているんじゃない、しっかりしろ！」

と己れを急き立て励まして、小半刻ほどもかかってようやく裏山の頂上に立った。

「これでようやっと逃げることができた……」

思わずほっと気が弛み、夜目にも白い残り雪の上に腰を下ろした。雪を手で掻いて喰いながら、下を覗き込むと、燃え落ちた番小屋の残り火が、冬の早朝の女郎部屋の、火鉢の中の燠《おき》のように、ぼうと赤く見えていた。

それからがじつはたいした難行だった。はじめのうちは、生き地獄の鉱山から逃げだせたことの嬉しさで、星を眺めては、

〽天の星さん数えてみたら、四万八千八百ござる、

四万八千八百とはいうたが、だれも数えたものはない、

と戯《ざ》れ唄《うた》をうたい、下を見ては、

〽庭の飛び石、すなすなすな、ちょこちょこちょこと奥座敷へ

……と近松の一節を鼻浄瑠璃で唸りながら、調子よく歩いていったが、生れて初めて歩く道だから、こっちが東か、あっちが西か、そっちが北で、どっちが南か、これが一向にわからない。わかるのは、頭の天辺の方が上で、足の裏の方が下だ、というぐらいだった。

慌てるうちに焦り出し、焦るうちに疲れは募る。その上、疲れるほどに腹が減り、腹が減ると目が霞む。

その度毎に、瞼の裏に、鰯屋の若旦那の、尖《と》んがった長顎を思い浮べ、

「ここで倒れては犬死だ。犬死でもいいが、ひとこと、あの鰯屋のハンチク野郎に恨み

ごとを叩きつけてから死にたい。いや、恨みごとだけじゃ矢張り足らぬ。あの大将の大口を左手と右手でこう持ってぴーっとひん剝いて、躰の内側を外へ、外側を内へと、裏返しにしてやりてえ」

ひとりごとの悪口雑言を叩いて、躰中の気力を総揚げし、また二、三丁も藪の中を歩く。

もっとも瞼の裏にすんなりと、あの長顎が思い浮ぶのは初手《しょて》のうちだけだった。そのうちに、いくら頑張っても踏ん張っても、長顎が思い浮ばなくなり、そのかわりに、長芋だの、羊羹《ようかん》だの、千歳飴だの、蕎麦だの、饂飩《うどん》だの、鰻だの、泥鰌《どじょう》だの、海苔巻きだの、長いには長いが、食物ばかりが思い浮ぶ。これは長い喰いものの総揚げだ。

三年の間、片時も忘れず、鍛え積みあげてきた鰯屋の若旦那へのうらみつらみ、男の意地がこうもあっさり食い意地に負けてしまうものか、と、おれはすこし情けなくなったことを憶えている。

まる一日半歩きに歩いて、もうそろそろだめだ。こりゃァ、江戸のたいこ桃八も陸中の国でお陀仏かな、と半分覚悟を決めかけたとき、ひょっこり街道に出た。

（……うれしい）

と思ったとき、おれはもう道端にひっくりかえってしまっていた。

しばらくしてから、口の中を何百本もの錐《きり》で突っつかれるような気配がして、おれはゆっくりと正気に戻っていった。

……目の前にぼんやりと大きな丸と小さな丸が見えている。必死の思いで目を凝らすと、大きな丸は牛の面で、小さな丸は、胡麻塩ひげの老人の顔だった。老人は右手に塩を握っている。

「気がついたらしいのう……」

老人は笑いながら、手の塩を一舐めして、残りを牛の背の大鍋の中へ戻した。

牛の背には大鍋のほかに、叺《かます》が一袋くくりつけてある。口の中の錐のようなものは塩だった。老人は気付薬のかわりに塩を舐めさせてくれたらしい。

「……どうも、おかげさまで」

躰を起そうとすると、老人は手を振って、

「いま水と稗飯《ひえめし》を進ぜる。それまで、横になっていなさるがいいよ」

と止め、腰の風呂敷包みから稗飯のお握りを、牛の首に下げた竹筒から水を、恵んでくれた。

「さあ、もう立てるかね？」

おれの腹の虫が納まったらしいのを見定めてから老人がいった。おれは、大丈夫だと頷いてみせた。

「ところで、どこへ行きなさる？」

「江戸へ帰るところで……」

老人は一歩ほど下って、おれの風体を眺めている。それを真似ておれも、おれの風体を眺めおろす。

「いっては悪いが、ひどい恰好じゃの」

おれもそう思う。山の中をさ迷い歩いている内に灌木にでも引っかけたのだろうか、鉱山お仕着せの短袖の着物が海藻《かいそう》のように肩から垂れ下っていた。もっとも、そのおかげで鉱山お仕着せということはわからない、これは不幸中の幸だった。もしもお仕着せと判っても、こうぼろぼろでは乞食講かなにかのお仕着せとしか見えまい。

「ここは青笹村というところじゃ。一里先が遠野。遠野へ行けば、なんとかなるかもしれない……」

老人が歩き出した。牛がその後につづいた。おれは牛のうしろについて行った。突然、老人が大声で叫んだ。

「塩っこと稗っこ、取り換えねェか!」

おれは老人の正体にはじめて得心がいった。

老人は塩を畑のものと取り換え、こんどは取り換えた畑のものを漁村で売り捌《さば》き、それで生計を立てているのだろう。

「あんたは何をして暮しを立てていなさるお人かね?」

老人は、呼び声の合間に訊いてきた。

「……たいこでさ」

「ほ、たいこ職人かね」

「いいえ、作るんじゃなくて……、つまり、たいこもち……」

「……祭礼《さいれえ》の時にでも、太鼓を持って歩くのかね？」

「芸人ですよ」

「なんの芸をする人かね？」

「いろんな芸をします」

「ほ、じゃ、浄瑠璃も語るかね？」

「わたしのは富本節ですが、富本でよければ……」

「ほ、そりゃええ、遠野じゃ富本節が全盛だ。で、名前はなんといいなさる？　富本何太夫かね？」

遠野で富本節が全盛だと聞いて、おれは、しめた！　と思った。白い御飯《おまんま》とまでは行かなくとも、米六稗四ぐらいの飯にはありつけそうだ、と咄嗟に考えたのだ。そして、またあることを思いついて、もう一度、心の中で、しめた！　と叫んだ。

江戸まで、富本節の太夫を名乗って行けば、宿場宿場でひとつかふたつお座敷にありつけるだろう。江戸への路銀はそれで賄える。となると、いまのうちにもっともらしい太夫名をひねり出しておいたほうがよい。

「……富本潮太夫《うしおだゆう》と申します」

老人の引くウシと、気付けに舐めさせてもらったシオ、このウシとシオが頭の中でぱっと結びつき、ウシオになったのだ。

「潮太夫か……。なかなかいい名だ。名前に勢いがあるのう」

老人はしきりに頷き、突然、また大声を出して、触れた。

「塩っこと稗っこ、取り換えねェか！」

老人が連れて行ってくれたのは、鶴屋という馬商人の屋敷だった。

主人は三郎左衛門といい、酒焼けの赤鼻男だ。三郎左衛門は老人の話を、その赤鼻でふんふんと軽くあしらって聞きながら、どこの馬の骨が来たか、という様子でおれを見ていた。

おれはかちっときた。ここのところしばらく、富本を語っていないから、節も詞《ことば》もうろ覚えのところが出てくるかもしれない。ぼろを出すかもしれない。だが、江戸へ帰れるかどうかの、これは瀬戸際。

「旦那、人の風体で芸をうんぬんされちゃァ困りますね。口見世《くちみせ》がわりに、ここでいますぐ一曲か二曲、語らせていただいてもいいんですよ」

三郎左衛門はまた赤鼻をふふんと鳴らし、

「やらなくてもいい。半人前だってことは、とっくにわかっているよ。一人前の富本の太夫なら、必ず三味線弾きを連れて歩いている筈だからな」

「むろん、わたしにも三味線弾き一人に、付き人が一人、ついておりましたよ」

「ほう……、どこにいる？　門の外かね？」

「海の底で……」

三郎左衛門はびっくりして、おれの顔をまじまじと見た。

「……海の底というと、どこの？」

「釜石湾の外で……」

「……時化にでも逢いなすったのか？」

「はい。宮古から釜石へ船で来たのがいけませんでした」

おれはしきりに目をしばたたいて見せた。おまけにくすんと鼻を啜《すす》った。仕上げに指先でつッと目頭を押え出もせぬ涙をこする。三郎左衛門はころっと乗せられて、

「ふーん、それであんたのその襤褸《ぼろ》姿《なり》か」

「そういうことで……はい」

「春先は海が荒れるから船旅をするもんじゃない、というがほんとだな。よし。今夜、うちで二、三曲、語っておくれ」

「……やらせていただきます。そこで、旦那、厚かましいようですが、着物と三味線を

拝借できますか？」

「いいよ」

三郎左衛門は赤鼻で大きな輪を描いて頷いた。

鶴屋の風呂場で躰を洗っていると、例の老人が裏口で、三郎左衛門に口きき料をねだっている声がきこえてきた。

「鶴屋の旦那、わしゃ、いい太夫を連れてきただろう？ なにしろ、江戸の太夫だからね、あの人は……」

すぐに、じゃらじゃらと鉄銭の音がし、しばらくしてから、「……塩っこと稗っこ、取り換えねェか！」という老人の声が遠くへ去っていった。

おれは、商売上手な老人だなと呟きながら、胸の内で、

（ありがとうよ、じいさん。じいさんの塩、日本一！）

と掛け声をかけた。

その夜、鶴屋の座敷で、江戸から来た富本節の有望若手富本潮太夫、つまりおれは、「朝比奈《あさいな》地獄廻《じごくめぐ》り」「鳴神《なるかみ》」「三勝縁切《さんかつえんきり》」「阿波の鳴門」など、あれこれ取り混ぜて、六、七曲語った。三味線の弾き語りで辛かったが、ここで失敗《しくじ》れば江戸へは帰れぬ、鰯屋の長顎野郎に恨みごとがいえぬ、と心を引き締め、喉も引き締め、一所懸命に語った。喰いっぱぐれてはならぬ、恨み晴らさでおくべきかというこのおれの思いが、遠野の旦那

衆には、芸の迫力とうつったらしく、これが案外な大好評。三郎左衛門は、

「どうだ、さすがは江戸の太夫だねは。まァ、たいした凄みっこだったべ、はァ」

とお国訛丸だしで、集まった旦那衆に、赤鼻を高くしてみせた。ンだ、さすがは江戸の太夫だと、旦那衆も訛のある相槌を打った。

「いえいえ、今夜はどうにも不出来でお恥しい……」

と、おれは旦那から盃をもらいながら、卑下してみせた。

「三味線の弾き語りはいけません。糸に気を取られ、肝心の喉の方がお留守になってしまいます。三味線弾きがいればもっともっと富本のよさを味わっていただけたと思いますよ。わたしの本当の喉、そして富本の本当の味わいは、こんなものではありません」

旦那衆はますます目を丸くし、潮太夫さんの富本節を聞くとなんだか寿命が三年は延びるような気がする、明日の晩も聞かせてもらいたい、と口々に賞めそやしながら帰っていった。

鶴屋には、結局、ひと月ほど逗留《とうりゅう》した。その間、座敷が十一回かかり、おれの手許に、三両二分の現銀が入った。

ある朝、庭に出て、ほころびかけた桜を眺めていると、いつの間に来たのか、傍に三郎左衛門が立っていた。

「太夫、あんた、江戸へ帰りなさるのなら、どうせのことに盛岡へお寄りなさらんか

ね？」

おれはちょっと考えてから、

「いいですよ。遠まわりになるといっても、たかだか十里かそこらですからね」

と、頷いた。

「そんなら、明日の朝、わしといっしょに出立するかね？」

「おや、旦那も盛岡へ……？」

「ンだ。馬市の談合があるのでね」

「そうですか。それは心丈夫だ。お供しましょう」

「ほ、よかった。でな、潮太夫さん、盛岡で二、三度、座敷に出てくれるとたすかるんだがね」

もちろん、おれは引き受けるといった。盛岡見物をしながら、お金が稼げるとしたら、これこそ願ったり叶ったりだ。

「盛岡の馬商どもに、どうしても太夫の富本を聞かせてやりたいと思うのでね。連中は二言目には、遠野は盛岡とくらべるとやれ在方《ざいかた》だ、それ在郷だという。その遠野の在郷太郎が、じつは、盛岡へもそう番たびは来ない江戸の富本の太夫の喉をたっぷり聞いているんだぞと、見せつけてやりたいのだよ、うん、連中の鼻をパカーッと明かしてやりたいね」

おれは三郎左衛門に盛岡の馬商どもの鼻を馬なみの大きさにひろげてあげましょう、といった。

盛岡へは三日かかった。

三郎左衛門とおれが投宿したのは坪屋という城下一の大旅籠だ。此処ではすでに桜が満開で、通りには花に浮かれた人の波が続いていた。むろん、江戸の繁華さとは較べようがないが、三年振りの人の波を眺めているうちに、躰の血がざわざわと騒ぎだすのが自分にもはっきりとわかった。

三両二分と、懐中は桜の頃の日ざしのようにぽっぽっと暖かいし、今夜はひとつ当地の芸者と腰の抜けるほどの大騒動を仕出かしてみるか、と立ちかけたところへ、盛岡の馬商たちと近くの茶屋で談合をしていた三郎左衛門が戻ってきた。

「太夫、さっそくで悪いが、今夜、ひと座敷持ってくれるかね？」

出鼻を挫かれたが、座敷がかかったとあれば仕方がない。おれは、いいですよ、と浮かしかけた腰を、また下ろした。

「聴きにくるのは此処の馬商どもだ。ひとつ、腕によりをかけ、喉に油を塗って、踏ん張ってください」

「わかってますよ、旦那。ついでに爪にも磨きをかけておきます」

すると三郎左衛門が、そのことなら安心しなさい、と胸を叩いた。

「……とおっしゃると、今夜は三味線のひき語りはしないでいい、ということで？」

「そうなんだよ。じつは今、談合の席上で太夫の話を出して、潮太夫は三味線のひき語りで一人二役だから、そのへん、うんと割増しして聞いてもらいたい、といったのだ。そうしたら、馬商のひとりが、そんならいい三味線弾きがひとりいるから呼び寄せよう、というのでね、すぐ来てもらった」

「それはたすかりますね。けれど、田舎の三味線弾きに、どこまで富本の味わいが出せるかな。常磐津のような鯱鉾ばった弾き方でも駄目、かといって柔かすぎると清元になっちまう、富本はこの中間の弾き方をしませんとね……」

「その三味線弾きは江戸の人だそうだよ」

「ほう。で、名前は……？」

「たしか名見崎徳治郎とかいってたな……」

名見崎徳治郎と聞いて、顔から血が引いた。長いこと富本を稽古していたからよく知っているのだが、富本の三味線で、名見崎を名乗ることが出来ればこれは名手といっていい。富本の総元締の三世《いま》の富本豊前《ぶぜん》の三味線も四世名見崎徳治と、名見崎姓なのだ。しかも、徳治郎とくると「名見崎」どころか「徳治」まで貰っているわけだから、これはちょっとやそっとの巧さじゃない。きっとべらぼうな巧さだろう。

（……富本を名乗ったのが拙《まず》かったたな）

おれは臍《ほぞ》を噬《か》んだ。

（最初の一声で、太夫を名乗れるほどの芸ではないということを見抜かれてしまう……）

今度は臍《ほぞ》を喰い千切った。

（謝まっちまおう）

最後に決心がついた。理由《わけ》を話せばきっと勘弁してくれるだろう。好きで名乗ってい
るわけではないのだ。これも喰うため、江戸へ帰るためなのだ。そのとき、ふと、なぜ
名見崎を名乗るほどのお人が盛岡あたりにごろちゃらしているのだろう、という疑いが
起った。

（……たぶん、女だろうな。女で失敗《しくじ》ったんだ。芸はいいし、男ぶりはいいしで女が出
来て、ついつい稽古を間引くようになった。そこへ師匠名見崎徳治の雷が落ちる。とた
んにかーっと来て女の故郷かなんかに引っこんだ。……ま、そんなところだろう……）

「……なにを考えていなさるのかね、太夫？　その徳治郎という三味線ひきが隣の座敷
に来てるんだが……」

「え、ええ、逢いましょう。いや、逢わせていただきます」

おれは腰をかがめ頭を下げて、隣座敷に入っていった。徳治郎は床の間の方を向き、
下座に坐っていたが、おれが来たのを気配で察し、へへーッと平伏した。ちらっと見る

と、よれよれの着物だ。随分苦労しているんだなと思いながら、こっちも頭を下げたまま上座についた。上座に坐るのは気がひけたが最初は仕方がない。詫びてから上下《かみしも》入れ換えればいい。

「……富本潮太夫でございます」

おれはできるだけ小さな声で名乗り、畳に這いつくばって、額を畳にこすりつけた。

むこうも、平蟹《ひらがに》のように平伏している。そして蚊のなくような声で、

「……名見崎徳治郎で……」

といい、頭を上げたようだが、おれがまだ這いつくばっているので、あわててまた畳にしがみついたようだ。

「江戸の方は礼儀が正しいわなァ！」

と三郎左衛門が嘆声を発した。

「しかし、そういつまでも平べったくなっていたんじゃ話がはじまらんよ。お二人とも頭をあげなさってはどうかね？」

そこでおれは、

「えー、そのー、富本の太夫を名乗っているにつきましては、長い長い話がございまして……」

と、いいながら顔を起し、はじめて徳治郎と顔を見合せ、あッ、と息を呑んだ。大き

な目、すこし上を向いた鼻、それから長い、尖んがった顎。

「……若、若、若旦那！」

若旦那もはっと驚き、ぐにゃぐにゃと顔の造作を崩し、懐しそうにおれの方に一膝、二膝、すり寄ったが、急に怯《おび》えた顔になり跳ぶようにして後退《あとじさ》った。爪先が畳の縁《へり》に引っかかったらしく、若旦那は足をもつれさせ、もろに後《うしろ》へひっくりかえった。

「……桃、桃八おまえ、本当に桃八か⁉」

「桃八ですよッ、若旦那！　わたしゃね、わたしゃ……」

この三年の恨みつらみのありったけをまくしたてようと思うのだが、舌が鉄篦《てつべら》のように堅くなってしまいまったく動かない。せめて頰げたを思いっきりひとつぐらいは殴りつけてやろうと、右手を拳固《げんこ》にしたが、ぴくぴく顫《ふる》えている若旦那の顎先を見ると、懐しくもあり、憐れでもあり、それにおかしくもあり、おれは拳固を振りあげたまま、ぷッ、と小さく吹きだして、

「ひどいよッ、若旦那。あのときはあんまりじゃありませんか！」

といってしまった。

ここがやはり生れついての本性か、人の後にくっついて暮していたたいこの垢《あか》のせいなのか、どっちにしても、人を極めつけるのは向かない性格《たち》なのだ。

若旦那はこっちが吹きだしたのを見てとると、

「桃八、おまえもひどいよ。客に手をあげるたいこがあるものか」

といいながら起きあがった。

「そういうたいこは振っちゃうよ」

おれは思わず及び腰になり、

「そりゃ、若旦那、悪い冗談だ！」

手挿《たばさ》んでいた扇子を素早くひき抜き、ぱっと開くとおれは顔を半分かくし、斜め下から、若旦那の顔をちゃっと見上げる。若旦那はぱちぱちと手を叩いた。

「おう、いいね、桃八。さすがは長年の修業のたまものだ。扇子の使い方が極まってます」

「ありがとうございます」

おれは若旦那の前に扇子をさしだした。

「おほめついでに御祝儀を」

「……ちょいと訳ありで、懐は閑古鳥さ」

そこで、おれは懐から財布を引き抜き、

「ここに三両二分ございますよ。お使い下されば光栄で」

と差し出した。若旦那は素直に受けとって、しばらくおれの顔を見つめてから、

「桃八、おまえとまた旅がしたいよ」

と洟声《はなごえ》になった。

三郎左衛門はただ呆れ、若旦那の方を右の目で、おれの方を左目で、等分に睨んでいた。知らない人が見たら、この人は藪睨みだと思ったにちがいない……。やがてそのうちに三郎左衛門も事情をのみこんだらしく、

「お二人が知り合いの仲だとは知らなかったねえ。それならきっと、呼吸がぴったり合うはずだ。今夜の富本の会はきっとすごい出来栄えになるね。前祝いに、ちょいと盃のやりとりをしようじゃないか」

と、にこにこしながら、帳場へ酒を頼みに降りていった。

「……それにしても、若旦那、この盛岡でなにをしていらっしゃるんです。わたしをあの目明しに売って路銀は拵えなさったはずだ」

「それを聞かれるのがなによりつらいけれど、じつはあの路銀、博奕ですっかりこっかり奪《と》られてしまったのさ」

「誰に、です？」

「それが、あの目明しの喜平にですよ。お前が鉱山に入った日は、夕方から吹雪になったんだが……」

その吹雪が三日も続いてしばらく釜石から身動きが出来なくなってしまったのさ、と若旦那はいった。翌日、鉱山から帰って来た喜平は、若旦那の路銀をせしめようという

ので企《たくら》んだのがいかさま丁半、博奕好きの若旦那はまんまと誘いに乗って手をだしてしまった。一文なしになってしまった若旦那が、生きて行くために始めたのが新内の流しで、宮古から盛岡、盛岡から秋田へ、まる一年かかって奥羽を横切ったという。

「なぜ、秋田へ行こうとお思いになったんです？」

「だって栄蔵がいるじゃないか。東廻りの船に乗せてもらえば、苦労なしに江戸へ行ける」

ところが着いたときが冬。そこで、江戸行きの船の出る四月まで、栄蔵の家に居候することになった。なったのはいいが、栄蔵の内儀に手を出して、叩き出されてしまった。

「なぜ、他人のお内儀《かみ》さんなんぞに手をお出しになったんです？」

「細造りのところが品川小菱屋の袖ヶ浦に似ていたのさ」

「おやおや。でそれから？」

「この盛岡へ舞い戻ってきた。妙に居心地がいいので、なんということもなしに、以来ずーっとここの色街を流して歩いている」

「ひどい人ですねえ。そうとも知らず、わたしは、若旦那のお使いが今日来るか、明日来るかと、くる日もくる日も胸をどきどきさせながら待っていたんですよ。それで若旦那、江戸のお店へ使いか、飛脚はお出しになりましたか？」

「ああ、何回も書状を出した……」

「返事は？」

「ないねえ、これがとんと梨の礫《つぶて》さ」

おれはしばらく考えてから、扇子でおでこをぽん！　と敲《たた》いた。

「読めました！　若旦那、あなた勘当ですよ」

「桃八、おまえもそう思うか……やはりそうだろうな、そう思うだろうな」

若旦那は肩を落とし、下を見て、何度も頷いていた。

「そりゃそうですよ」

とおれはいった。

「跡取り息子の尻がこう落ちつかないんじゃァ、どこの親だって考えますよ。けれど、辛抱が第一、そのうち御両親の勘気も解けます。こうなったら、とにかく早いとこ、江戸へ帰って、親孝行なさる一手です。いまふっと思い出したんですがね、わたしにも江戸へ帰ったら、さっそくやらなくちゃならないことがある……」

「へえ、そりゃなんだい？」

「三年前の夏のあの日、わたしゃ洗い物を窓に干したままにして来ちゃった。帰ったらあれをさっそく取りこまなくっちゃァね」

二人で笑い合っているうちに、酒が運ばれてきた。

その夜は近くの茶屋で「千本桜」と「静忠信道行《しずかただのぶみちゆき》」と「新夕霧始」を語ったが、若旦那の三味線の手が、前とは格段に上っていたのには驚いた。これまでの若旦那の苦労が、三味線の音色にしっとりとした味わいで滲み出ていた。おれは語りながら何度も鼻の奥が焦臭《こげくさ》くなり、声が湿ってくるので弱った。

座敷が終って、別の部屋で、若旦那と二人で盃をかわしていると、三郎左衛門がとびこんで来た。

「太夫、よかったよ。とくにあのおしまいの新夕霧始には泣かされた」

三郎左衛門はそういいながら、小菊紙に包んだものをおれの前に滑らせて寄越した。

「これは、盛岡の馬商どもの鼻を明かしてくださった御苦労賃で……」

おれは紙包みを若旦那の方へ廻していった。

「山分けでも若旦那の一人占めでもなんでも結構。若旦那がいいと思うようにして下さい」

すると若旦那は、

「桃八、忘れたのかい。客の財布を預かるのもたいこの務めだったはずだよ」

紙包みをぽいとおれに投げ返した。おれはそれを受けとめ押し戴いて懐の一番奥へ仕舞い込んだ。

この夜の座敷の出来栄えは盛岡の芸ごと好きの人たちの間でかなり評判になったようだ。次々にあちこちから座敷の口がかかって来たのを見ても、それはわかる。その座敷をひとつひとつこなしているうちに、春が過ぎていった。若旦那は富本の三味線ひきの役がすっかり気に入ってしまったらしく、今年の暮れも盛岡で年越そばをいただこうか、などといいだすようになった。

これはいけない、とおれは思った。よほどしっかりしないとこのまま盛岡に住みついてしまうことになりかねない。そこで、一日がかりで、早く品川小菱屋へ行ってやらないと袖ヶ浦がお婆さんになってしまいますよとせきたて、ぐずぐずしていると、一生勘当は解けませんよ、とおどし、越後屋からもういちど富士山を眺めましょうとそそり、その他、なだめすかしおだて、ようやくのことで若旦那の御輿《みこし》をあげさせた。盛岡を発ったのが、夏の初めである。

路銀はたっぷりとまではいかないが、江戸まではなんとか保《も》つはずだし、途中で万が一のことがあっても、そのときは街道筋の庄屋や旧家に飛び込んで富本を唸らせてもらえば草鞋銭に事かくこともあるまい。こんどこそ、この足で江戸の土が踏める。一歩前へ足を出せば一歩江戸へ近づく、さァ、急げ、それ走れと、一所懸命若旦那の手をひいて、石鳥谷《いしどりや》、花巻は難なく通り、岩谷堂《いわやどう》、前沢、一ノ関、金成《かんなり》と旅を続けているうちに、やがて七日目古河宿《ふるかわじゅく》に着いた。

「まだ陽が高いですね、若旦那、もう一足伸ばして、三本木まで行ってしまいましょうか」

街道に面したそば屋で腹ごしらえしながら、おれがそういうと、若旦那は突き出た顎をなでて、

「あたしはすっかり顎を出しちまってるよ、この突き出た顎が見えないのかい。見えないようならもっと顎を出してみせようか」

その突き出た顎をぐいと前へせり出した。

「わかりましたよ、若旦那、それじゃ今夜はこの古河宿で、ゆっくり骨休めをしましょう」

降参しました、というしるしに卓に手を突いてみせたが何の返答も返ってこなかった。おや、と思って若旦那を見ると、若旦那の目が往来の一角に注がれている。

「桃八、あそこに袖ヶ浦がいる……」

「え？」

若旦那は立ちあがって、糸の切れた凧《たこ》のようにふわふわと頼りない歩き方をしながらそば屋から外へ出て行った。

往来の真ン中で、女がひとり、馬子と勢いよく喋っていた。よく透る声で「岩出山《いわでやま》まで三百文というのは高すぎるよ」といっているのがそば屋の中まで聞えてくる。

岩出山といえば、この古河から酒田へ向う街道の最初の宿場だ。あの威勢のよさは湊《みなと》町《まち》の女のものだ。秋田屋の内儀と感じがよく似ている。岩出山の方角で湊町といえば酒田しかない。すると酒田へ帰るところなのだろう。卓の上にそば代を並べながらおれは咄嗟にそう見積った。

そば屋を出て、女に近づいてまた確かめると、たしかに若旦那がいうように、品川小菱屋の袖ヶ浦に似ていないことはない。

突っぱらかったようなお侠《きゃん》な口のきき方や、躰の細造りのところが、なるほど瓜ふたつだ。

馬賃の折り合いがついたらしく、女は馬子の手を台がわりに、馴れた身のこなしで馬の背に横ざまに腰掛けた。

「はいよー！」

馬子が手綱で、軽く馬の尻を叩く。馬はのんびりと西日に向って歩きはじめた。

若旦那が、女の背中に、おずおずと声をかけた。

「……袖ヶ浦！……お袖！……お袖ちゃん！」

女は若旦那の声にも馬耳東風、あたりに強い黒油の匂いをふりまきながら静かに揺れて遠ざかっていった。

「残念でした、若旦那、袖ヶ浦ではなかったようですね。第一に、袖ヶ浦はあんな年増じゃなかったはずです。それに、袖ヶ浦はもうそっと、肌が綺麗だった……、もうひとつ、いまの女は生え際がぬけ上っていましたよ」

「そ、そうかい？」

「その証拠はこの黒油の匂いだ。きっと生え際の抜け上ったところを黒油を塗って胡麻化しているんですよ。さァ、若旦那、どこかいい飯盛《めしもり》のいる宿屋を探しましょう」

若旦那の尻押しをして、宿屋が軒を並べる方へ行きかけたら、若旦那がおれの手をぴしゃっと打った。

「あたしはあの女の後について行くよ」

「若旦那！　本気ですか？」

若旦那はもう馬子を手招きして呼びつけている。どうやら、若旦那は本気だ。

「若旦那、あの女は酒田辺まで行くらしいですよ。酒田は遠いですよ」

寄って来た馬子に「岩出山」と告げ、若旦那は、馬に攀《よ》じ登った。

「若旦那、江戸はどうなります？」

若旦那はおれを見下ろした。

「江戸は逃げやしないよ、桃八。だけどごらんよ。あの女はとことこ向うへ行っちゃうから……」

「若旦那、およしなさい。わたしの勘じゃァ、あの女はおそらく瘡《かさ》っかきですぜ。瘡で毛が抜けたところを黒油を塗って胡麻化してやがるに違いない。黒油を塗った女なんぞおよしなさい」

「瘡っかきだろうがなんだろうが、あたしゃ構わないね。あの女は袖ヶ浦だ。いちばん馴染んだおれがそう思いこんでいるんだから、それでいいだろう？　桃八や、あたしゃ行きますよ」

若旦那を乗せた馬はひとつふたつ鼻を鳴らして歩きはじめた。

「若旦那ッ、お金はわたしが持っているんですよ。無一文で旅が出来ますか」

大声で叫ぶと、若旦那も大声で返してきた。

「桃八、たいこにとって、お客と江戸と、どっちが大事なんだい？」

これは難問だ。おれは江戸が好きだ。けれども江戸はこれまで一度だって御祝儀袋をくれたことがない。客の中にはいやなやつもいる。しかし、いやな客でも御祝儀袋はくれるのだ。

「桃八、たいこは客についておいで」

おれは馬子を呼んで、前の馬を追うようにいった。そして、馬に揺られながら、江戸がまた遠のいたなと思った。

若旦那とおれはいつもこうやって横道に外れてばっかりいる。いったいいつになったら江戸へ帰れるのだろう。今年はお酉様《とりさま》へ、たいこにとってはなくてはならぬ縁起物のあの熊手を買いに行けるだろうか。

若旦那は、もうあの女と馬を並ばせ話をしたり、笑いあったりしている。おれの馬が二人に追いつくと、女の躰から、また、あの黒油の匂いが流れてきた。いやな匂いだった。おれはよくない予感がして息をとめながら、二人を追いこし、前に立った。

西日はいつしか夕日に変り、橙色《だいだいいろ》の陽の光が真向から、かっと照りつけてきた。

夕立ち

睨んだ通り例の黒油の年増は酒田の女だった。名を鶴代といい、酒田の花街今町で踊りの師匠をしているという。

その夜、岩出山宿の旅籠《はたご》で、鶴代の踊りというやつを見せてもらったが、何流ともつかぬ得手勝手な振りが次から次へと飛び出してくるので、大いに面喰らった。踊りは表の看板で本性は座敷でこれと目を付けた客に躰を売ることなのだろうと見当をつけ、若旦那とのやりとりを聞いていると、たしかに引っかけ方が上手だ。

「あたしゃ松島見物の帰りさ。塩釜へも寄ってきたけどさ、塩釜神社でなにを祈ったか、清之助さん、わかる？」

などと若旦那の指に自分の指をからませて指睦《ゆびむつ》びをしながら、若旦那の鼻の下を引っぱりおろしている。

「何を祈ったんだい？」

「そんなこといえないよ、恥しいもの」

小娘がいうのなら味もあるが、嘘を筑紫《つくし》の海に千年、嘘を筑波の山に千年といった風体の大年増がいうのだから薄気味が悪い。

若旦那は、鶴代が袖ヶ浦に似ているというだけですっかりのぼせあがって、鶴代の指をほどいて、

「これは師匠、気になるねえ。どうあっても聞きたいよ。さあ聞かしておくれ。はい始めたり始めたり、ちょんちょんちょんちょん」

と、宿から借りた三味線箱を人さし指で叩いてせっついた。

「ならいうけど笑わないでおくれ。大人しい男はさみしくっていやだし、賑やかなのは騒々しいし、発明なのはたいてい顔が悪いし、顔のいいのはだいたい莫迦《ばか》だし、あたしは、そう大人しくもなく賑やかでもなく、莫迦でない程度に顔がよくて、ちっとばかり発明な男に逢いたかったのさ。塩釜さまにそう祈って来たんだよ」

「ほうほう、で、そんな男がいましたか？」

「塩釜さまは霊験あらたかよ、ちゃんと逢えました。ほれ、ここにさ」

鶴代は若旦那の顎を指でつっ突いた。若旦那の顔が涎《よだれ》みたいにだらしなく伸びた。おれは舌打ちをして肴吸物にやたらに箸を立てた。

鶴代はもうすっかり若旦那の胸に肩を預けている。そうして、腕を伸ばして肴を箸で

ほぐしては女房気取りの世話焼顔で若旦那の口へそれを運ぶ。

「あら、若旦那、桃八さんが怒ってる。すっかりお冠りだよ」

鶴代がおれの渋い顔を箸で指しながらいった。

「あたりまえの顔をしているときは間抜けた感じだけど、怒った方がキリッとしていいよ。お願いだから向う三年間怒っていておくれ」

これから濡れ場が始まるからどこかへ行っちまいな、という謎らしい。

「へェ、お師匠さん、向う三年間は保ちませんが、明日の朝までは保たせましょう」

おれはそういって自分の部屋へ戻った。


この夜が鶴代との悪縁の始まりで、若旦那は酒田で三年暮した。縁が切れたのは鶴代が瘡で死んだからである。

これでようやっと江戸へ帰れるかもしれないぞ、とおれは死んだ女には悪いが、ほっとした。だがじつはそれから先がお気の毒の続きものになっていたのだ。

例によってさっそく路銀稼ぎの富本節語りを始めたが、これは最初のうちはたいへんな評判で、若旦那の三味線でおれが語っていると、他の座敷の客たちまでが聞きに寄ってくるという風だった。

あるときのこと、亀屋清司という酒田一の旅籠の主人が、若旦那とおれにこう持ちかけてきた。

「あんたたちの芸なら間違いなく客が集まる。どうです？　本腰を入れてやってみませんかね？」

「本腰を入れる……といいますと？」

「小屋掛けして興行を打つんですよ。十五日や二十日は充分にやれます」

おれはそこまで大がかりにやることはないと思ったが、若旦那が乗った。

「やってみてもいいですよ。酒田から東廻りの船に乗って江戸へ行くにはひとりで十五両の船賃がかかるそうですが、それをひと月で稼げるかもしれませんからね」

「三十両の稼ぎは太鼓判を押します」

亀屋の主人は、ここ十年ほどの間に酒田へやってきた芸人が「江戸の」と名が付いただけでどれだけ大入りを続けたか、その例を詳しくあげた。

「小屋がけの費用、お役人たちへの袖の下などであらかじめ、十五両ほどの支度金が要りますが、十両はわたしが出させていただきましょう」

五両の現銀があったら、今日にも江戸へ旅立ちますよ、とおれが口を出すと、若旦那が、

「桃八、小屋掛けの興行で稼ぐところが粋じゃありませんか」

と、待ったをかけた。

「てくてく歩くのもいいけどね、途中で、また何が起るか知れやしませんよ」

「そんなことといったって、事を起すもとはいつも若旦那ですぜ」

「だからいってるんですよ。あたしのことだからまた何を仕出かすかわからないでしょ？　これ以上、事が起ると、陸奥の旅は道の苦の旅になってしまいます。船のほうが無難ですよ」

それはたしかにその通りだ。だが、こっちの出す五両はどうやって作ればいいのか。

「鶴代には悪いけれど、このボロ家を売ってしまいましょう」

若旦那はそういいながら立ち上って、部屋の中を歩き廻って値踏みをした。

「……五両にはなるでしょうよ」

それから、若旦那はふと窓の外に目をやり、あッと声をあげた。

「桃八、こっちへ来て鷹取山《たかとりやま》を見てごらん」

鷹取山というのは酒田の近くでは一番高い、お椀を伏せたような恰好の草山だ。

「鷹取山がどうかしましたか？　形が変ったとか、高くなったとか……」

いいながら立って鷹取山を見て、おれは仰天した。昨日まではたしかに緑の山だったものが、今では茶色の禿山になっているのだ。

「一晩で草が枯れたのかもしれませんねえ」

「一晩でひとつの山の草が残らず枯れますか」

「わたしもあやふやですが、若旦那、現にあの通り真ッ茶色になっているところを見ると、そうとしか考えようがありませんよ」

若旦那とおれが採めていると、亀屋が、

「あの山は別名、蕗山《ふきやま》といいましてね。山全体に蕗が生えているんですよ。その蕗が一晩のうちに刈り取られたのでしょう」

といった。

「だれが刈り取るのです？」

「百姓たちですよ」

「なんのために……です？」

「むろん米や稗のかわりに蕗を喰うんですな。飢饉の時はいつも蕗山が禿げます」

飢饉のときに富本節の興行なぞ成り立つのかしらん、と訊くと、亀屋は、

「富本節を聞きにくるのはお侍と裕福な町人たちです」

と、おれの懸念を笑い飛ばして出て行った。

興行の初日。客の頭数は百七十。これはまずまずの入りだ。おれはほっとした。

二日目の幕明きの前、舞台で最初に演《や》る「八百屋」を軽くさらっていると、亀屋が床板を鳴らしてとびこんできて、

「御停止《ごちょうじ》です！」

と、怒ったようにいった。

「御停止？　なんです、それは？」

「このご城下で鳴物管弦の類《たぐい》は一切ならぬというお触れですな」

「すると今夜の興行は……？」

「中止ですよ。今夜だけではない、無期の御停止ですから、もう興行はできません」

驚いて亀屋に詰め寄ったので、見台《けんだい》が激しい勢いで倒れた。

「な、なぜです？　なにが理由なんです？」

「飢饉ですよ、桃八さん。それで百姓たちの気が立っていて、お城のお偉方は百姓たちに遠慮したらしい……」

「やはりわたしのいったとおりだ。だから興行にはあまり気が乗らなかったんだ。亀屋さんが請け合うから、それだけを頼りに……」

途方に暮れて、おれの声はだんだん小さくなって行く。亀屋は頭を力なく振った。

「こんなことははじめてです。芸者衆は一人のこらず所払いというお触れも出ました。この酒田はしばらく火が消えたような湊になってしまいそうです」

座敷で富本を語るのが飯の種なのに、芸者衆は所払い、茶屋はしばらく店仕舞いでは、生きては行かれぬ。

「亀屋さん、わたしたちはいったいどうしたらいいんです？」

亀屋は若旦那とおれに頭を下げて、

「この小屋をばらして丸太を売れば二両や三両にはなるでしょう。その代金はそっくりお渡ししますよ。その金で、越後新潟大湊《おおみなと》行きの酒船に乗られたらどんなものでしょう」

といった。

「新潟は川湊としては日本第一ですし、それに名人と名のつく船大工が何十人も居て、造船業の盛んなことも日本第一。それは賑やかな湊です」

賑やかなところなら成金もいるだろう、とおれは素速く計算した。富本は成金によく適《あ》う趣味だ。こっちとしてはそこにつけ込むしか道はない。

「どれだけ賑やかで遊びの盛んなところかは、近くで出来る酒だけではとても足りず、この酒田からも酒を取り寄せていることでもわかります。酒田の酒は新潟ではたいへんな評判でしてね、というのは酒田から出た酒船が一昼夜、波にゆられて新潟へ着く頃には、すっかり味が練れておいしくなっているからで……」

「酒の講釈なんぞ聞きたくありませんね」

と、おれは亀屋にいった。

「その間《ひま》に、新潟の知り合いの誰かに添え状でも書いていただいた方がたすかります」

新潟ではダッポン小路の旅籠新宿屋藤助方へ落ち着いた。亀屋の添え状を見せると新宿屋は、

「亀屋さんの紹介とあれば一肌脱ぎましょう。最初のうちは手前が座敷の口を探して差し上げます。あとはお二人の芸次第。芸がよければ座敷はいくらでもあります。なにしろ、この新潟には芸者衆が千人は居りますからな」

と、嬉しいことをいった。

窓を開くと下に川があった。あっちの通りこっちの道、みな川と並んで四方へのびている。

「新潟ではどこへ行くにも舟で用が足ります。そのへんは大坂よりも便利ですよ」

新宿屋はお国自慢をひとくさりぶって出て行った。

ダッポン小路は海と隣合せになっている。潮が満ちてきたのか、波が川岸をダッポンダッポンと敲きながら走っていった。ダッポン小路という名はどうやらそのへんに由来するらしい。

間もなく、新宿屋が顔を出した。

「幸先よく、さっそく座敷がかかりましたよ。丸屋という船造りの旦那の座敷です。こ

の人は芸にはうるさい。ちょっと厄介ですが、それだけに気に入られたら運が開けます。そのつもりでやってくださいよ」

丸屋が飲んでいるという新宿屋の離れ座敷に行って、まず驚いたのは、新潟芸者の色の白さだった。それも透き通るように白い。大川の白魚ではないが、裸にしたら、胃袋が透けて見えそうだ。みんな櫛笄《くしこうがい》を十二、三本頭に飾りたてているが、これだけは少々野暮ったい。

床の間を背にして六十歳ぐらいの老人が坐っている。老人のお膳には魚の骨が山をなしていた。かなり丈夫な胃の腑を持っているらしい。

「わしが丸屋だが、鳴神をやってくれるか」

老人は魚を両手で持って器用に齧《かじ》りながらいった。

「芸に力のある太夫が鳴神を語ると、きまったように雨が降るそうだの。芸の力が雨を呼ぶらしいが、ひとつ雨を降らせてくれるか」

おれはへへっと這いつくばって、

「もしも雨が降りましたら、ご褒美にお金の雨を降らしていただきとうございます」

と、まずは罪のない軽口で御機嫌を伺い、若旦那を目で促した。若旦那は頷いて弾きはじめたが、それを聞いておれはあれっと思った。音に力がない。それだけならまだいいが、時折り、音が無様《ぶざま》に割れさえする。棹を押える左手に力がこもっていない証拠だ。

仕方がないから語り出したが、音の割れが気になってすこしも乗らない。
どうしたんですか、若旦那。この座敷が再起の小糸口、しっかり糸を押えてください
な……、たまりかねておれは首を振って唸りながら、顔が若旦那の方へ向く度に、目で
そう語りかけた。けれども、若旦那はこっちに目で答える余裕すらもなく、脂汗でてろ
てろ光る顔を左手の動きに向け、必死で糸を押えていた。
老人ははじめのうちは目を閉じて聞いていたが、すぐに魚を摑み、無遠慮な音をたて
ながら身を貪《むさぼ》り骨をしゃぶりはじめた。
冷汗たらたらようやくの思いで一段語り終え、最低二、三段は語るのが普通なので、
おれは老人にいった。
「次はなにを語りましょうか。御所望があれば仰せつけくださいまし」
老人は骨皿にぷっと魚の尻尾《しっぽ》を吐き出して、
「もう結構だね。江戸の富本の太夫が居るとここの亭主がいうから話に乗ったが、どう
やら亭主に一杯くったらしいな」
といい、喉に小骨でもつかえたのか、妓《おんな》に背中をさすらせはじめた。
「若旦那、どうしたというんです？」
部屋へ戻って、宿から借りた三味を箱に仕舞いながら、おれは若旦那にすこしきつい
口調でいった。

「せっかくのつきが逃げ出したようですよ」

若旦那はむすっと黙り込み、しきりに自分の左の肘のあたりを見ている。おれは若旦那が不愍《ふびん》になった。目下勘当中の躰とはいえ鰯屋の跡取りは跡取り、たいこにツンケンいわれるのはさぞやつらかろうと思ったのだ。

「けどまあ、若旦那、そのうちにまた運が向いてきますよ」

「どうだかわからないよ」若旦那が悄《しょ》げた声でいった。

「桃八、あたしゃそのうちに三味線が弾けなくなりそうだ」

「ど、どうしてです、若旦那？」

思わず膝の上の手が止まりおれは若旦那を見た。若旦那は顎で左腕の内側を示している。左腕の肉の柔かなところ一面には、銅紅色の花びらのようなものが点々と散らばっていた。よく見るとむろんそれは花びらなどではなく、ソラ豆ほどの大きさのおできの物産会、ざっと数えただけでも十五、六はある。なかのひとつふたつはすでに破れて膿《うみ》を出していた。

「桃八、鶴代のやつ、とんだお土産を遺して行っちゃったらしいよ」

「……瘡《かさ》ですね、若旦那？」

「だろうねえ。痛痒《いたがゆ》くてどうにも力が入らないのですよ」

おれは舌打ちして、

「だから黒油の女はおよしなさいといったでしょ。まったくいまいましい女ですよ」

「桃八、仏様を悪くいう人は嫌いですよ」

「嫌われたって構いませんとも。あの鶴代って女さえ若旦那の前にしゃしゃり出てこなければ、いまごろは御勘当も許されて、吉原あたりへ富本の太夫を呼びつける方へ廻っていたに違いないんですから……」

そこまでいったとき、襖《ふすま》があいて、新宿屋の主人が入ってきた。新宿屋は小狡《こずる》そうにちらちらっと若旦那とおれに目を配ってから、

「あ、三味線は頂いときましょう」

と、おれの膝の三味線箱に手を伸ばしてきた。

「明晩も座敷がかからないとは申せません」

と、おれはいった。

「だから、三味線はこの部屋へ置いといちゃいけませんかしら？」

新宿屋は莫迦《ばか》にするようにたっと笑った。

「冗談をおっしゃっちゃいけない。おそらくこの新潟じゃもう座敷はかかりませんよ」

「ど、どうしてです」

「さっきの座敷の丸屋の旦那があんた方の芸を下の下の下とお見分けなすったからですよ。この新潟じゃ、あの丸屋の旦那が『よし』とおっしゃれば信用もつき人気が出ます。

でも、あの旦那が『だめ』とおっしゃったらもう座敷はかかりませんねえ」

「ふん」

おれは新宿屋に向って鼻を鳴らして見せた。

「富本の太夫だって人間だ。三味線弾きも人間だ。たまに不出来の時もありますよ」

「むろんですとも。旦那は、実力があるのに不出来なのか、それとも、力がなくて不出来なのか、それはちゃんとお見分けになりますよ。あんた方はどうやら後の方の口らしいですな」

おれは腹が立ってきた。

「あんな年寄にそこまで見届ける眼力があるとは思えませんがね」

「それがおありになるんですよ。今迄、これと睨んで間違えたことはないお方で……」

「そんなことがあってたまるか！」

「いいえ」

新宿屋は、思わず高くなったおれの声を制して、

「あの方は一流の芸ならそれとわかるお方ですよ。この新潟には今、煎茶が流行《はや》ってお りますがね、あの方はその煎茶を淹《い》れるのに、一升に金一疋もかけて、わざわざ京都の鴨川の水をお取り寄せになるくらいでして……」

と、わがことのように鼻を高くした。

「煎茶を淹れるのに鴨川の水を使うのが、そんなに偉いか！」

と、おれは怒鳴った。

「あの旦那はそりゃたしかに、このへんじゃたいした分限者《ぶげんじゃ》かも知れないがね、江戸日本橋本丁の薬種問屋鰯屋の足下にも及ばないでしょう。御亭主、あんた鰯屋の名を聞いたことはありませんか？」

主人は頷いて、

「そりゃこのへんにも東都案内細見《さいけん》や御江戸絵図ぐらいは入ってきますからね、名前は知っていますよ」

おれは立膝から正座に直り、若旦那の前に軽く頭を下げ、それから新宿屋にいった。

「御亭主、このお方がその鰯屋跡取りの清之助様ですよ」

新宿屋は目を丸くして若旦那を見て、今度はその目を細くしておれを見た。目が細くなったかわりに口が大きく開いて、新宿屋は笑い出していた。

「あんまりふざけると怒りますよ」

「誰がふざけてなんかいるものか。嘘だと思うなら江戸へ町飛脚を走らせてみなさい。鰯屋の大番頭が、千両箱を担いでやってきます。うん、ぜひそうしてください。わたしたちも大助かりだし、あんたもたんまり礼にありつける……」

新宿屋はおれが喋っている間中、大口あいて笑っていたが、やがて笑いやむと、ひどく真面目くさった顔になった。

「ふざけあうのはこれで打切りです。あんた方は、富本潮太夫と名見崎徳治郎という触れ込みで酒田からの添え状を持って来なさったが、酒田者は欺《だま》せても、日本第一の川湊、新潟者の耳はごまかせませんぜ。潮太夫さんの喉はとにかく、そちらの名見崎徳治郎さんの糸はまったくいただけません。これはさっきの丸屋の旦那もおっしゃったことだが、そちらの三味線の方、あんた偽者でしょうが。偽者でもいいが、名見崎なんて大きな名を騙《かた》っちゃいけませんねえ」

若旦那は気弱に笑った。

「たしかにあたしは名見崎じゃない。鰯屋清之助です」

「また騙った！」

新宿屋がおさまらない声を出した。

「どうせ騙るなら、もっと小さな名にしたらどうだね」

おれはかっとなった。

「若旦那は正真正銘の鰯屋の跡取りだ!!」

気がつくとおれは新宿屋の胸倉を摑んでいた。

「これ以上、偽物呼ばわりするなら頰桁《ほおげた》にひとつふたつ拳固を見舞ってやる」

「よろしい、信じましょう」

と新宿屋はいった。

「そのかわり証拠を見せてもらいたいものだね。そうしたら信じましょう。これまでの失礼も詫びますよ」

証拠といわれるとぐうの音も出ない。そんなものがあったら、そいつをひらひら見せびらかして、大名道中よろしく江戸へ繰り込んでいる。

「証拠は、……ない。だからやはり江戸へ飛脚を立てて……」

「真ッ平だねッ！」

こんどは新宿屋がおれの胸倉を摑んだ。

「名見崎の名を騙ったと同じように、こんども鰯屋の名を騙るつもりだろう。飛脚を出すのはいいが、飛脚が戻ってくるまでは贅沢三昧《ぜいたくざんまい》をして、その寸前に逃げ出す算段に違いない。そんな手に乗ってたまるか！　新潟者をあまり見くびるんじゃねえ」

おれと新宿屋が声高に罵り合うのを聞きつけて、宿の若い者が数人、襖の間から顔を覗かせた。

「おい！　このお二人さまはお発《た》ちだよ」

そういって新宿屋はおれを突き放し、

「酒田じゃいったい何の積りで、こんな騙りに添え状を書く気になったのかね」

ぶつぶつ呟きながら部屋から出て行った。それを見送るいとまもなく、若い者が若旦那とおれの腕を逆手に捩じ上げ、外へ放り出した。表で途方に暮れて二人で顔をただ見合せていると、二階の窓から頭の上へ若旦那とおれの振分け荷物が降ってきた。

ダッポンダッポンと小川が鳴って、潮の匂いが小路一帯に濃くなってきた。上げ潮がはじまったらしい。

若旦那とおれは、その夜、新潟から船で信濃川を上った。そして、白根、三条、与板、長岡を転々と移り歩いた。座敷は案じていたよりもあったが、この辺りはどこもひらけていて、富本節を聞こうなどという人はみな耳が肥えており、遠野でやったような三味線の弾き語りなどには洟《はな》もひっかけてくれない。

そこで若旦那もつい無理をして、三味線を抱えて座敷に出た。出れば瘡気はますます進み、瘡毒が全身に廻る。それでも、飯にありつくために、小千谷《おじや》、十日町、高田、直江津、そして、柿崎、柏崎と、江戸へ帰りつくあてもなくうろついているうちに、とうとう出雲崎《いずもざき》で、若旦那はどっと寝ついてしまった。

仕方がないから、おれは若旦那を木賃宿に寝かせ、門付《かどづけ》をし色街を流し米代を稼ぎ、夜明け頃、木賃宿へ戻るときは、近くの寺へ詣ってお百度を踏んだ。

むろん、江戸の鰯屋へは、金を送れ！　の矢の催促飛脚を立てたが、鐚《びた》一文どころか、いたわりの書状一本、届かなかった。

おれが江戸へ突ッ走るのが一番手っとり早い手だったが、病いの床についてすっかり気が弱くなり、おまけに疑い深くなっていた若旦那は、

「桃八、あたしを振る気だね。いつか、あたしがおまえを釜石鉱山に置きざりにしたときの、あの仕返しを、いま、しようというんだろう？」

と、おれを傍から手放そうとしなかった。

作男や下男もやったし、行商人の真似ごともしたが、芸事百般に一応通じたおれも、実業となると陸《おか》に上った河童《かっぱ》か木から落ちた猿同様、若旦那の療治料はむろんのこと、下手をすると二人の食扶持も覚束ない有様だった。

万策つきたあとの万一策目に、いっそ二人で死んでしまおうか、と若旦那がいいだしたが、あのときは悲しくて、大の男が二人、抱き合ってしばらくの間泣いてばかりいた。泣き疲れて、妙にすがすがしい気分になったとき、ふと、宿の向いに大きく佐渡ヶ島が見えた。

夕焼けで赤い佐渡ヶ島だった。盆が近いので、浜では若い衆たちの歌う声がしていた。

〽オケサ　正直なら傍にも寝しょがェ
　オケサ　蟹の性で、ソオレ、穴さがすェ……

よく張って、澄んだ声だった。

おれは聞いているうちに悲しいのを通り越して妙に明るい気分になり、若旦那にいった。

「佐渡ヶ島には島中に砂金が散らばっているそうですが、その砂金の万分の一でもあれば、見知らぬ土地で縊《くび》れて死ななくてもいいんですがねェ」

すると、若旦那の顔がいきなりぴかっと明るくなって、

「桃八、草鞋《わらじ》ですよ」

と叫んだから、おれはびっくりして若旦那の顔を眺めた。

「桃八、上等の朽木《くちき》草鞋を百足ほど買い込んで、船着場へ持っていくんですよ。そして、佐渡から帰ってきた人に草鞋を無料《ただ》で差しあげるんです。上等の草鞋です。おまけに無料です。みんなとびつきますよ」

「若旦那、いまわのきわにそれこそ悪い冗談ですぜ。草鞋を百足も買ったら無一文、首を吊る綱が買えなくなりますよ」

すると若旦那は、おまえは血の巡りの悪い男だねェ、というように首をふって、

「もしも佐渡ヶ島中に砂金があるとしたら、あそこを歩いてきた人の草鞋の目にも砂金がつまっているはずですよ。古草鞋を盥《たらい》かなんかですすいだらどんなもんかしらねえ？」

みなまで聞かずに、おれは扇子でおでこをポン！　と打っていった。

「若旦那！　瘡はかいても日本一！」

さっそく、首吊り綱を買うためにとっておいた虎の子で百足ばかりの草鞋を仕入れ、船着場で乗合客の古草鞋と取り換えさせてもらった。むろん、

「金の出る古草鞋を下さった方に、この何も出ない新品草鞋を差しあげます」

といっては大事な策略が暴露《ばれ》てしまう。おれはできるだけ親切そうな顔をして、こう口上を触れまわった。

「エー、旅のお疲れごくろうさま。こちらは僭越《せんえつ》ながら金がありすぎて困っている江戸の大店《おおだな》の手代でござい。このたび、若旦那、罪障消滅の祈願を立て、それならば人助けが一番と、古草鞋と新品草鞋とを交換にまいりました。新しい草鞋で本州の土の温かさをしっかとお踏みくださいまし」

あっという間に古草鞋の山。

それをそっと持って帰って、盥ですすぎ、胸をわくわくさせながら、盥の底を覗き込むと、二粒の砂金がピカリと微かにやさしく光っていた。

おれは横臥した若旦那の鼻先に砂金をかざし、

「若旦那、これはちょいとした商売になりますよ。草鞋百足で金が二粒とは悪くありません。この金で草鞋を二百足も仕入れて、またやってきますよ」

「……桃八、あたしゃやっぱり商人の伜だねえ。追いつめられると商売の知恵が湧くくら

しいね」

「ええ、さすがです。……ねえ、若旦那、もう死ぬのはやめましょうね?」

若旦那はこっくりして、

「おまえだけに稼がせてはすまないからね、あたしも早く元気になるつもりです」

と、妙に他人行儀なことをいった。


おれは結局、三年ばかり古草鞋をすすいで暮した。三年間に四十五両の金がたまった。もし人を使って、新潟や寺泊や柏崎などの船着場で、古草鞋を集めるやり方もあった。もしそれをしたら数百両は貯《たま》ったろう。けれど、そうすれば人に知れてしまい、あッという間に、船着場は草鞋交換業者で一杯になってしまったろう。こういうことは独占商法に限る。そこで、おれはひとりでせっせと古草鞋をすすいだ。

金がたまるにつれて、若旦那の瘡もつぼみはじめた。完全に治り切ったところで、二人で越後新潟大湊へ出た。そして、船出を待つ間全快を祝し、前のときは抱けなかった新潟芸者を、飽きるほど抱いた。

新潟から東廻りの千二百石船に乗り込んだのが六月末、夢にまで見た品川へは、七月末に入った。品川から四ツ手に飛び乗って、日本橋へ走らせた。本丁の鰯屋の前に駕籠を止めさせ、

「若旦那、さあ、着きました！　九年ぶりの御帰還ですよ」

真ッ先に降りて、若旦那の手をとり、駕籠の外に連れだした。

「……あれ？」

と若旦那は、あたりを見廻しながらいった。

「桃八、あたしの家はどうしたかしら？」

「若旦那！　そりゃァ悪い冗談だ」

いいながら、じつはおれも驚いた。たしかに鰯屋の看板は附近一帯どこにも見当らないのだ。

「隠れちゃったかな？」

「かもしれませんね、若旦那……」

若旦那とおれは、そのへんをうろうろと駈けまわったが、足は雲の上を行くように覚束なく、眼は強《こわ》ばって左へも右へも動かない。

「……やっぱりね、これは隠れましたですよ」

元のところへ戻ると、おれは若旦那にいった。

「……どうしましょう、桃八さん？」

若旦那の声はうわずった上に、かすれていた。

「探しましょう……鰯屋さん！　鰯屋さん！　若旦那のお帰りですよ」

若旦那はもう冗談どころではなく、地面に蹲《しゃが》みこんでしまっている。

「どこですか鰯屋さーん……」

おれも泣きたくなってきた。

「……なにをお探しなんです？」

見ると、おれの傍におばあさんが立っていた。小ざっぱりした浴衣をきりっと着こなしている。

「鰯屋を探しているんですよ」

すると、おばあさんは、遠くを見る目つきになり、なにかを考えているようだったが、

「あの、大きな薬種問屋の鰯屋さんのこと……？」

と、おれに目を向けた。

「……お気の毒でしたねえ、鰯屋さんは」

若旦那が何か言い出しかけて、また口をつぐんだ。かわりにおれが訊いた。

「お気の毒……というと？」

「いつでしたかしら、はっきりした年は忘れましたけれど、清之助さんという道楽息子

が家を出たのが、なんでも吝嗇《けち》のつきはじめでね……」

　おばあさんの話によると、若旦那の行方不明がもとで、まず、若旦那のお袋さんが寝込んでしまい、若旦那が釜石にいるという使いが来たときにはもういけなくなっていたという。その翌年、今度は水戸の天狗党というのが軍資金を徴発しに鰯屋へ押し込み、大旦那が斬られ、数日後にこれまたはかなくなってしまったそうだ。のこされたのは、若旦那の妹の勢津さんひとり。しかし嫁入り前の娘に鰯屋の身代が切り廻せるはずはなく、番頭や親戚が寄ってたかってああだ、こうだと切り廻しているうちに身代がつぶれてしまい、妹さんはそれから行方がわからないという。

「……桃八！」

　若旦那が絞り出すような声でいった。

「どうしよう⁉ あたしはどうしたらいいんです！ 店はなくなっちゃう、両親は死んでしまう、妹はどっかへ行ってしまう……」

「若旦那、妹さんをまず探しましょう。江戸中、虱《しらみ》つぶしに探しまわりましょうよ」

　すると、おばあさんがいった。

「もう江戸じゃないんですよ。この十七日から東京というんですって。御城にはもう将軍様もおいでになりませんし、薩摩や長州の田舎侍が旗本八万騎にかわってそっくりかえって歩いている……まったくこれからどうなりますことやらねえ」

若旦那は、子どものように両手をだらりと前に下げ、ぐるぐるとあてもなく躰を廻しながら泣き声をあげている。

「桃八、江戸もなくなったってよう。将軍様もいなくなっちまったってよう。あたしはいったいどうしたらいいんだ。桃八の弟子にでもなろうかしら。だけど、あたしにたいこなどつとまるわけもなし……、あたしは……、もうだめだ……」

おれは思わず若旦那の頰を平手で打った。

「若旦那！……江戸はなくなっても江戸者は江戸者じゃありませんか……」

殴ってから、おれは、ひょっとしたら若旦那でなく、自分を殴ったのではないか、と思った。

遠くから、夕立ちの近づく音が聞える。

音のする方を見ると、越後屋呉服店に夕立ちの幕がかかりすべては模糊としている。

おれは本店と出見世の間に富士を探したが、むろん、富士の姿は見えなかった。

やがて激しい雨脚が若旦那とおれを叩きはじめた。

解　説——井上作品と私

中村勘三郎

井上先生の作品に最初に出会ったのは、昭和五十九年九月の新橋演舞場、『藪原検校』でした。

このとき私は二十九歳でしたが、この芝居に出演したことはものすごいカルチャー・ショックだったと思います。

というのは、歌舞伎役者というのは日ごろ父親とか大先輩の舞台をよく見て覚えておいて、役がつけば然るべき人に教えてもらって、まずは教わった通りに演じるのが、主流なわけですよ。ところが井上先生の芝居の場合、稽古場へは自分で考えてその役を作っていかなきゃならない。『藪原検校』は昭和四十八年が初演で、その後も再演されていますが、高橋長英さんと太地喜和子さんの舞台が素晴しかった、とあとから聞いただけで、私は観てなかったんです。逆にそれが幸いして、自分なりに一から作っていくという、まったく新しい体験ができましたからね。これはつらかったけれども、それ以上にやり甲斐のある芝居作りでした。

このときの共演者はいろんな分野から、岡田茉莉子さん、財津一郎さん、藤木孝さん、坂本長利さん、金内喜久雄さん……という多彩な顔ぶれで、演出は木村光一さんでしたが、そういう人たちの集まる稽古場で、自分の考えてきた役作りをまず披露しなくちゃならない。ものすごいプレッシャーでした。

だいたい『藪原検校』という芝居は大変な話じゃないですか。セックスも暴力も陰謀も殺人もあって、その過激さと言ったら半端じゃないですよね。ということは、稽古場でそれこそお尻の穴まで見せる覚悟がなきゃ演じられない、と思ったんです。それでエイッとばかりに目をつぶって（私の役の〝杉の市〟は盲人ですしね）、前の晩に考えてきた通りにやってみたら、まぁ、うまいまずいは別として、共演者たちが笑ってくれたんですよ。そんなことは歌舞伎の稽古場では考えられない話ですからね。自分の工夫してきたことがみんなに受けた。これは嬉しかったですね。それが自信につながったわけなんです。この芝居に出たことが、その後の私の芝居人生の出発点になっているような気がします。

それで初日の晩。井上先生の言ってくだすった言葉が今も耳に残っています。

「ニュー・スター・イズ・ボーン！」

とね。そして楽日《らくび》近くなったとき、いつか『は・は・はむれっと』という芝居を書きましょう、ともおっしゃった。それは『ハムレット』の終幕でみんな死んじゃったところから始まるんだそうです。イギリスの使節団が毒消しを持ってきてて、それでみんなムクムクと生き返っちゃうんだそうなんです。オフィーリアも墓を掘り起すとなぜか蘇生して、それが妊娠しているんですって（笑）。楽しみに待ってたけど、とにかく名うての遅筆堂先生のことですから、私ももうハムレットには無理な年齢になってきました。しかし勘太郎か七之助にでもやらせていただければ、私は悪い叔父さんでもおっかさんでも、先王の亡霊でも墓掘りでも、何でも出るんですけどね。まだ諦め切れてません。

そして私の二度目の井上作品は、新派に客演したときの『ある八重子物語』でした。このときはほんとに往生しましたよ。毎日、全員が稽古場で固唾《かたず》をのんで待っていても、台本がちっとも上がってこないんです。たまにファクシミリがカタカタ鳴り出すと、一枚か二枚ヒラヒラと先生の手書きの原稿が出てくる。見ると、一夫、一夫、って、私の役は竹内一夫というんですけどね、すごい量のせりふを一夫が連続してやたらしゃべるようになっていて、前に先生の芝居に出たことのある役者はこの一座では私一人だったので、それで先生が信頼してくださったのかどうか、これには参りました（笑）。ノイローゼになりそうでした。舞台のあちこちにカンニングペーパーを貼ったりして、どうにか切り抜けましたけど、でもいろんな人に聞くと、先生の書き下し初演のときはこれが普通なんですってね。しかしどうしてみんなが怒らないのかと言えば、出てきた原稿がいいからですね。役者ってそんなものですよ。切羽つまったって何だって、できた作品がよかったら仕方がない。納得するんです。それが悪くってごらんなさいよ。今ごろいないよ、殺されてるよ、役者たちに、先生は（笑）。

でも、今もってすごい作品を発表し続けていらっしゃるところがすごいですよね。つい先日も大竹しのぶさんが林芙美子の役で『太鼓たたいて笛ふいて』というのが再演されてましたけど、あれもものすごくよかったらしいですね。私は舞台があって観に行けなくて残念だった。以前『日本人のへそ』に出たすまけいさんの芝居を、つくづくうまいと思って観たことがあって、先生の作品にめぐり会えた役者の幸せ、というものをしみじみと感じたものでした。

さて、『手鎖心中』。今回読み返してみると、やっぱり大変な面白さですね。笑いながら読んでいると、だんだんと怖くなってくるところがまたすごい。先生の言葉に対するこだわりがよくわかるのも面白かった。たとえば「向学」という言葉を聞くか言うかすると、「好学、後学、皇学、高額、講学、鴻学、溝壑《こうがく》……」を思い浮べてしまう、というところなんか、パソコンの変換ミスの例みたいでおかしいですよね。言葉をいじくるのが業《ごう》だというのが、この小説の語り手の与七という人物。

主人公は材木問屋の若旦那栄次郎ですが、この人の業は、人を笑わせたり人に笑われたりすることが何より好きで、絵草紙の作者というものに死ぬほどなりたがってること。作者になって、人に奉《たてまつ》ってもらいたい、という気持ちが心の底にあるんだね。そのためなら何でもしちゃう。それがどんどんエスカレートして行って、勘当されたり、入婿《いりむこ》になったり、やらせで手鎖の刑を望んだり、しまいには心中の真似までして命を落してしまうという、滑稽で可哀そうなところが怖いんですよね。つまり、メディア・ジャンキーみたいなものですよ。

この間、テレビを見てたら、アスリート百人に、必ず金メダルが獲れるけれども一年後には死ぬ、というクスリがもしあったら飲みますか？　という質問をして、七五パーセントの人が飲む、と答えているのにはゾッとしましたね。そのために魂を売り渡してるわけだものね。

井上先生の作品は、こういう人間の業というか、ひどくザラついた部分を掘り起すでしょ。だからすごいんだね。

私はこの小説を舞台化した『浮かれ心中』（小幡欣治脚本）に、栄次郎の役でこれまでに四回出演しています。

もともとこれは栄次郎があこがれる戯作者の山東京伝の『江戸生艶気樺焼《えどうまれうわきのかばやき》』のパロディのわけだけど、ずっと以前（昭和三十年代）に、紀尾井町（二代目松緑）のおじさんが艶二郎《えんじろう》役で梅幸のおじさんと『艶気樺焼』を上演したんだそうです。こちらはただ醜《ぶ》男《おとこ》の若旦那が浮名を流したくて心中の真似ごとをするけど、追いはぎに遭って風邪をひく、という滑稽な話だとか聞きました。

それで『浮かれ心中』。最初の脚本では、栄次郎と帚木《ははきぎ》が向島で心中する場面で幕ということだったんですが、茶番に命をかけてきた栄次郎にとっては、このままおとなしく心中して幕というのでは悔しいから、どうせなら最後は派手な大茶番にして、ねずみに乗ってちゅう乗りで昇天、と洒落《しゃれ》のめして幕にしたい、と提案したんです。黒御簾《くろみす》さんには三味線で『イッツ・ア・スモール・ワールド』の曲を演奏してもらって、これ、ディズニーのねずみの国のテーマですからね。自分で紙吹雪を降らせたりして三階席のほうに向って浮かれながら移動して行くと、歌舞伎座のあちこちに棲《す》んでいる私の父とか名優のおじさんたちとかの魂魄《こんぱく》が、こ〜んなに顔をしかめて（笑）、どっと近寄ってくるのがわかる。いえ、こういうのはまた別なんですよ、でもこれも面白いでしょ？なんて言って、さっさとそこを通り抜けるんですけどね。

『江戸の夕立ち』のほうも、ずっと以前に太地喜和子さん、なべおさみさん、高橋長英さんで上演した舞台を私は東横ホールで観ていますが、これがやっぱりものすごく面白かった。前進座でも『たいこどんどん』という外題《げだい》で何度も上演しているそうで、観た人が抱腹絶倒だった、と言ってました。とにかく井上先生のものは何でも面白い。いつかこれを柄本明さんの太鼓持で、私の若旦那で、藤山直美さんにも入ってもらって舞台化できたらいいな、と思っています。あの太鼓持はいい役だよね。若旦那にどんなひどい目に遭わされても、最後は銀山に売りとばされたりしたのに、若旦那にめぐり会ったら嬉し泣きしちゃうんだからね。

それでいつの日か、井上先生が私にあてた新作を書いてくださるのをずっと待ち続けているんですが、でもその前に歌舞伎の演目を先生の頭の中で組み立て直して新しく生き返らせてくださる、というのでもいい。たとえば『敵討天下茶屋聚《かたきうちてんがぢややむら》』なんて芝居は、そのままやってもあんまり面白くないんだけど、あれは差別からくる嫉妬羨望の芝居だからね。それこそ井上先生の手にかかったら、見違えるような人間ドラマに生まれ変ると思うんです。

役者は、いい本に出会わなければ、いい芝居はできません。先生、どうかよろしくお願いします。

（歌舞伎俳優）

本書は、一九七五年三月刊の文春文庫
『手鎖心中』の新装版です。

文春文庫

手《て》鎖《ぐさり》心《しん》中《じゅう》

定価はカバーに表示してあります

2009年5月10日　新装版第1刷
2025年3月10日　　　　第7刷

著　者　井《いの》上《うえ》ひさし

発行者　大沼貴之
発行所　株式会社 文藝春秋

東京都千代田区紀尾井町3-23　〒102-8008
TEL　03・3265・1211㈹
文藝春秋ホームページ　https://www.bunshun.co.jp

落丁、乱丁本は、お手数ですが小社製作部宛お送り下さい。送料小社負担でお取替致します。

印刷製本・TOPPANクロレ

Printed in Japan
ISBN978-4-16-711127-4

（　）内は解説者。品切の節はご容赦下さい。

安部龍太郎
等伯（上下）
武士に生まれながら、天下一の絵師をめざして京に上り、戦国の世でたび重なる悲劇に見舞われつつも、己の道を信じた長谷川等伯の一代記を描く傑作長編。直木賞受賞。（島内景二）
あ-32-4

安部龍太郎
海の十字架
銀と鉄砲とキリスト教が彼らの運命を変えた。長尾景虎、大村純忠ら乱世を生き抜いた六人の戦国武将たち。大航海時代とリンクした、まったく新しい戦国史観で綴る短編集。（細谷正充）
あ-32-9

浅田次郎
壬生義士伝《みぶぎしでん》（上下）
「死にたぐねえから、人を斬るのす」——生活苦から南部藩を脱藩し、壬生浪《みぶろ》と呼ばれた新選組で人の道を見失わず生きた吉村貫一郎の運命。第十三回柴田錬三郎賞受賞。（久世光彦）
あ-39-2

浅田次郎
一刀斎夢録（上下）
怒濤の幕末を生き延び、明治の世では警視庁の一員として西南戦争を戦った新選組三番隊長・斎藤一の眼を通して描き出される感動ドラマ。新選組三部作ついに完結！（山本兼一）
あ-39-12

浅田次郎
黒書院の六兵衛（上下）
江戸城明渡しが迫る中、てこでも動かぬ謎の武士ひとり。勝海舟や西郷隆盛も現れて、城中は右往左往。六兵衛とは一体何者か？笑って泣いて感動の結末へ。奇想天外の傑作。（青山文平）
あ-39-16

浅田次郎
大名倒産（上下）
天下泰平２６０年で積み上げた藩の借金25万両。先代は「倒産」で逃げ切りを狙うが、クソ真面目な若殿は——奇跡の「経営再建」は成るか？　笑いと涙の豪華エンタメ！（対談・磯田道史）
あ-39-20

あさのあつこ
燦《さん》**—1—　風の刃**《やいば》
疾風のように現れ、藩主を襲った異能の刺客・燦。彼と剣を交えた家老の嫡男・伊月。別世界で生きていた二人には隠された宿命があった。少年の葛藤と成長を描く文庫オリジナルシリーズ。
あ-43-5

（　）内は解説者。品切の節はご容赦下さい。

青山文平
白樫の樹の下で
田沼意次の時代から清廉な松平定信の息苦しい時代への過渡期。いまだ人を斬ったことのない貧乏御家人が名刀を手にしたとき、何かが起きる。第18回松本清張賞受賞作。（島内景二）
あ-64-1

青山文平
かけおちる
藩の執政として辣腕を振るう男は二十年前、男と逃げた妻を斬った。今また、娘が同じ過ちを犯そうとしている——。時代小説の新しい世界を描いて絶賛される作家の必読作！（村木　嵐）
あ-64-2

青山文平
つまをめとらば
去った女、逝った妻……瞼に浮かぶ、獰猛なまでに美しい女たちの面影は男を惑わせる。江戸の町に乱れ咲く、男と女の性と業。女という圧倒的リアル！　直木賞受賞作。（瀧井朝世）
あ-64-3

青山文平
江戸染まぬ
村から出てきた俺たちは、江戸のどこにも引っかからねえ——人生を必死に泳ぐ男と女を鮮やかに描き出す唯一無二の味わい。リアル江戸の史料や記録から生まれた予測不能な傑作7編。
あ-64-6

朝井まかて
銀の猫
嫁ぎ先を離縁され「介抱人」として稼ぐお咲。年寄りたちに人生を教わる一方で、妾奉公を繰り返し身勝手に生きてきた、自分の母親を許せない。江戸の介護を描く傑作長編。（秋山香乃）
あ-81-1

天野純希
乱都
「都には魔物が棲んでいる」——応仁の乱から室町幕府の終焉まで、裏切りと戦乱の坩堝と化した都に魅入られ、果てなき争いに明け暮れた7人の男たちの生きざまを描くオムニバス。
あ-92-1

（　）内は解説者。品切の節はご容赦下さい。

井上ひさし
東慶寺花だより
離縁を望み決死の覚悟で鎌倉の「駆け込み寺」へ――女たちの事情、強さと家族の絆を軽やかに描いて胸に迫る涙と笑いの時代連作集。著者が十年をかけて紡いだ遺作。（長部日出雄）
い-3-32

池波正太郎
火の国の城（上下）
関ヶ原の戦いに死んだと思われていた忍者、丹波大介は雌伏五年、傷ついた青春の血を再びたぎらせる。家康の魔手から加藤清正を守る大介と女忍び於蝶の大活躍。（佐藤隆介）
い-4-78

池波正太郎
秘密
家老の子息を斬殺し、討手から身を隠して生きる片桐宗春。だが人の情けに触れ、医師として暮すうち、その心はある境地に達する――。最晩年の著者が描く時代物長篇。（里中哲彦）
い-4-95

池波正太郎
その男（全三冊）
杉虎之助は大川に身投げをしたところを謎の剣士に助けられる。こうして〝その男〟の波瀾の人生が幕を開けた――。幕末から明治へ、維新史の断面を見事に剔る長編。（奥山景布子）
い-4-131

稲葉　稔
武士の流儀（一）
元は風烈廻りの与力の清兵衛は、倅に家督を譲っての若隠居生活。平穏が一番の毎日だが、若い侍が斬りつけられる現場に居合わせたことで、遺された友の手助けをすることになり……。
い-91-12

伊東　潤
王になろうとした男
信長の大いなる夢にインスパイアされた家臣たち。毛利新助、原田直政、荒木村重、津田信澄、黒人の彌介。いつ寝首をかくか、かかれるかの時代の峻烈な生と死を描く短編集。（高橋英樹）
い-100-1

伊東　潤
潮待ちの宿
時は幕末から明治、備中の港町・笠岡の宿に九歳から奉公する志鶴。薄幸な少女は、苦労人の美しいおかみに見守られ逞しく成長する。歴史小説の名手、初の人情話連作集。（内田俊明）
い-100-6

宇江佐真理
幻の声
髪結い伊三次捕物余話
町方同心の下で働く伊三次は、事件を追って今日も東奔西走。江戸庶民のきめ細かな人間関係を描き、現代を感じさせる珠玉の五話。選考委員絶賛のオール讀物新人賞受賞作。（常盤新平）
う-11-1

宇江佐真理
余寒の雪
女剣士として身を立てることを夢見る知佐は、江戸で何かを見つけることができるのか。武士から町人まで人情を細やかに描く七篇。中山義秀文学賞受賞の傑作時代小説集。（中村彰彦）
う-11-4

上田秀人
奏者番陰記録
遠謀
奏者番に取り立てられた水野備後守はさらなる出世を目指し、松平伊豆守に服従する。そんな折、由井正雪の乱が起こり、備後守はその裏にある驚くべき陰謀に巻き込まれていく。
う-34-1

上田秀人
本意に非ず
明智光秀、松永久秀、伊達政宗、長谷川平蔵、勝海舟。歴史の流れの中で、理想や志と裏腹な決意をせねばならなかった男たちの無念と後悔を描く傑作歴史小説集。（坂井希久子）
う-34-2

冲方　丁
剣樹抄
父を殺され天涯孤独の了助は、若き水戸光國と出会う。異能の子どもたちを集めた幕府の隠密組織に加わり、江戸に火を放つ闇の組織を追う！　傑作時代エンターテインメント。（佐野元彦）
う-36-2

冲方　丁
剣樹抄　不動智の章
隠密組織「拾人衆」の一員となった六維了助。父の死の真相を知り仇討ちに走る了助を義仙が止めに入り、廻国修行の旅へ。幕府転覆を目論む極楽組と光國の因縁も絡み……。（吉澤智子）
う-36-3

海老沢泰久
無用庵隠居修行
出世に汲々とする武士たちに嫌気が差した直参旗本・日向半兵衛は「無用庵」で隠居暮らしを始めるが、彼の腕を見込んで、難事件が次々と持ち込まれる。涙と笑いありの痛快時代小説。
え-4-15

（　）内は解説者。品切の節はご容赦下さい。

平蔵の首
逢坂 剛・中 一弥 画
深編笠を深くかぶり決して正体を見せぬ平蔵。その豪腕におののきながらも不逞に暗躍する盗賊たち。まったく新しくハードボイルドに蘇った長谷川平蔵もの六編。（対談・佐々木 譲）
お-13-16

平蔵狩り
逢坂 剛・中 一弥 画
父だという「本所のへいぞう」を探すために、京から下ってきた女絵師。この女は平蔵の娘なのか。ハードボイルドの調べで描く、新たなる鬼平の貌。吉川英治文学賞受賞。（対談・諸田玲子）
お-13-17

生きる
乙川優三郎
亡き藩主への忠誠を示す「追腹」を禁じられ、白眼視されながら生き続ける初老の武士。懊悩の果てに得る人間の強さを格調高く描いた感動の直木賞受賞作など、全三篇を収録。（縄田一男）
お-27-2

葵の残葉
奥山景布子
尾張徳川の分家筋・高須に生まれた四兄弟はやがて尾張、一橋、会津、桑名を継いで維新と佐幕で対立する。歴史と家族の情が絡み合うもうひとつの幕末維新の物語。（内藤麻里子）
お-63-2

浄土双六
奥山景布子
将軍義政を育てた乳母の亥万《いま》は、やがて彼の側女となる。正室の日野富子は、自身の死産は亥万の呪詛が原因だと訴え……。室町を舞台に人間の業と情を描く傑作歴史小説。（対談・近藤サト）
お-63-4

渦
妹背山婦女庭訓 魂結び
大島真寿美
浄瑠璃作者・近松半二の生涯に、虚と実が混ざりあい物語が生まれる様を、圧倒的熱量と義太夫の如き心地よい大阪弁で描く。史上初の直木賞＆高校生直木賞W受賞作！（豊竹呂太夫）
お-73-2

仕立屋お竜
岡本さとる
極道な夫に翻弄されていたか弱き女は、武芸の師匠と出会ったことで、過去を捨て裏の仕事を請け負う「地獄への案内人」となった。女の敵は放っちゃおけない、痛快時代小説の開幕！
お-81-1

（　）内は解説者。品切の節はご容赦下さい。

岡本さとる
悲愁の花
仕立屋お竜
「地獄への案内人」となったお竜と井出勝之助。その元締めである文左衛門には、忘れられない遊女との死別があった。あることをきっかけに、お竜はその過去と向き合うことになり……。
お-81-2

岡本さとる
恋風
仕立屋お竜
呉服店「鶴屋」の主人孫兵衛の娘は、恋に破れた傷をいやすために箱根に長逗留をしていた。孫兵衛の依頼で、お竜は箱根に向かうが、娘の想い人が再び現れたことで、波乱の幕が開く！
お-81-5

海音寺潮五郎
天と地と
（全三冊）
戦国史上最も戦巧者であり、いまなお語り継がれる武将・上杉謙信。遠国の越後でなければ天下を取ったといわれた男の半生と、宿敵・武田信玄との数度に亘る川中島の合戦を活写する。
か-2-43

加藤　廣
信長の棺
（上下）
消えた信長の遺骸、秀吉の中国大返し、桶狭間山の秘策――。丹波を訪れた太田牛一は、阿弥陀寺、本能寺、丹波を結ぶ〝闇の真相〟を知る。傑作長篇歴史ミステリー。（縄田一男）
か-39-1

風野真知雄
耳袋秘帖
南町奉行と大凶寺
深川にある題経寺は正月におみくじを引いたら大凶ばかり、檀家は落ち目になり、墓をつくれば死人が化けて出る。近所の商人から相談された根岸も、さほどの事とは思わなかったのだが。
か-46-43

梶　よう子
菊花の仇討ち
変化朝顔の栽培が生きがいの同心・中根興三郎は、菊作りで糊口を凌ぐ御家人・中江惣三郎と知り合う。しかし、興三郎は中江と間違えられ、謎の侍たちに襲われて……。（内藤麻里子）
か-54-5

川越宗一
天地に燦たり
なぜ人は争い続けるのか――。日本、朝鮮、琉球。東アジア三か国を舞台に、侵略する者、される者それぞれの矜持を見事に描き切った歴史小説。第25回松本清張賞受賞作。（川田未穂）
か-80-1

（　）内は解説者。品切の節はご容赦下さい。

川越宗一
熱源
日本人にされそうになったアイヌと、ロシア人にされそうになったポーランド人。文明を押し付けられた二人が、守り継ぎたいものとは？　第一六二回直木賞受賞作。（中島京子）
か-80-2

北原亞以子
恋忘れ草
手習い師匠の萩乃は、家主から気の進まない縁談を持ち込まれるが……。江戸の町で恋と仕事に生きた六人の女たちの哀歓をあたたかく描き、第109回直木賞を受賞した連作短篇集。
き-16-12

北原亞以子
あんちゃん
夢と野心をもって江戸に出てきた男。数年後に商人として成功するが、兄との再会で大切なものを失ったことに気づき……。現代人の心を動かす、珠玉の七編を収録した時代小説集。
き-16-13

木内　昇《のぼり》
茗荷谷の猫
茗荷谷の家で絵を描きあぐねる主婦。染井吉野を造った植木職人。画期的な黒焼を生み出さんとする若者。幕末から昭和にかけ各々の生を燃焼させた人々の痕跡を掬う名篇9作。（春日武彦）
き-33-1

木下昌輝
宇喜多の捨て嫁
戦国時代末期の備前国で宇喜多直家は、権謀術策を縦横無尽に駆使し、下克上の名をほしいままに成り上がっていった。腐臭漂う、希に見る傑作ピカレスク歴史小説遂に見参！
き-44-1

小杉健治
助太刀のあと　素浪人始末記（一）
松沼平八郎は義弟から岳父の仇討ちの助太刀を頼まれる。本懐を遂げ、武士として名をあげた平八郎を試練が待ち受ける。三大仇討ちの「鍵屋の辻の決闘」をモデルに展開する新シリーズ。
こ-15-3

小杉健治
情死の罠　素浪人始末記（二）
藩の密偵として素浪人に姿を変え、市井に潜む流源九郎。そんなある日、情死と思われる男女の遺体が発見される。二人の死の裏にうごめく陰謀を暴くため、源九郎が江戸の町を走る！
こ-15-4

（　）内は解説者。品切の節はご容赦下さい。

堺屋太一
豊臣秀長
ある補佐役の生涯（上下）
豊臣秀吉の弟秀長は常に脇役に徹したまれにみる有能な補佐役であった。激動の戦国時代にあって天下人にのし上がる秀吉を支えた男の生涯を描いた異色の歴史長篇。（小林陽太郎）
さ-1-14

坂井希久子
江戸彩り見立て帖
色にいでにけり
鋭い色彩感覚を持つ貧乏長屋のお彩。その才能に目をつけた右近。強引な右近の頼みで、お彩は次々と難題を色で解決していく。江戸のカラーコーディネーターの活躍を描く新シリーズ。
さ-59-3

坂井希久子
江戸彩り見立て帖
朱に交われば
江戸のカラーコーディネーターが「色」で難問に挑む。大好評の文庫オリジナル新シリーズ、待望の第2弾。天性の色彩感覚を持つお彩の活躍、そして右近の隠された素顔も明らかに……。
さ-59-4

坂井希久子
江戸彩り見立て帖
粋な色 野暮な色
天性の色彩感覚を持つお彩と京男・右近のバディも絶好調！ご近所のお伊勢に対照的な二人の婿候補が登場。小粋な弥助と、野暮な浅葱色が好きな文次郎。果たしてお伊勢が選ぶのは？
さ-59-5

佐伯泰英
神隠し
新・酔いどれ小籐次（一）
背は低く額は禿げ上がり、もくず蟹のような顔の老侍で、無類の大酒飲み。だがひとたび剣を抜けば来島水軍流の達人である赤目小籐次が、次々と難敵を打ち破る痛快シリーズ第一弾！
さ-63-1

佐伯泰英
御鑓拝借《おやりはいしやく》
酔いどれ小籐次（一）決定版
森藩への奉公を解かれ、浪々の身となった赤目小籐次、四十九歳。胸に秘する決意、それは旧主・久留島通嘉の受けた恥辱をすすぐこと。仇は大名四藩。小籐次独りの闘いが幕を開ける！
さ-63-51

佐伯泰英
陽炎ノ辻
居眠り磐音（一）決定版
豊後関前藩の若き武士三人が、帰着したその日に、互いを斬る窮地に陥る。友を討った哀しみを胸に江戸での浪人暮らしを始めた坂崎磐音は、ある巨大な陰謀に巻き込まれ……。
さ-63-101